아직도
글쓰기를 망설이는
당신에게

아직도
글쓰기를 망설이는
당신에게

생애 첫 글쓰기 수업

박순우 지음

루아크

이 글을 쓰는 내내 내 머릿속에는 가상의 인물 하나가 자리하고 있었다. 때로 그 얼굴은 잘 아는 친구이기도 했고, 사랑하는 가족이기도 했으며, 얼굴은 모르지만 주저하고 있는 누군가이기도 했다. 글을 한 편씩 쓰는 것에 비해 하나의 책을 엮어내는 건 전혀 다른 에너지가 필요한 일이었는데, 인내심이 부족한 내가 끝내 써낼 수 있었던 건 내 머릿속 인물 덕분이다. 어딘가에서 홀로 하얀 종이 앞에 앉아 남모를 지난한 싸움을 벌이고 있는 사람, 혹은 무엇을 어디에서부터 어떻게 시작해야 할지 몰라 망설이고 있는 사람.

이런저런 글을 쓰면서 만일 세상에 내 책이 출간된다면, 첫 책에는 무엇을 담게 될지 수없이 상상해보곤 했다. 글쓰기 책으로 결정되었을 때 내 안에는 두려움이 한가득이었다. 내가 이런 글을 써도 되는지, 책을 몇 권씩 낸 저자도 아닌 내가 글쓰기 책을 쓰는 게 맞는지. 누구나 글을 써도 된다고 말해왔으면서 정작 내가 두려움에 몸서리를 쳤다. 시중에 나와 있는 수천 권의 글쓰기 책들. 굳이 나까지 이런 책을 쓸 필요가 있을까 싶었다.

질문을 바꿔보았다. 이 넘치는 책들이 아직 말해주지 않은 건 무엇일까, 나만 할 수 있는 이야기는 무엇일까.

나는 소위 문학소녀도 아니었고, 글을 정식으로 배우지도 않았으며, 스스로 작가가 될 깜냥이라 생각해본 적도 없다. 말이 하고 싶어 글을 썼고, 쓰다 보니 좋아져 오래 붙들게 되었을 뿐이다. 내 이야기를 들어주는 이가 없어 글을 쓰기도 했고, 할 수 있는 게 쓰는 것밖에 없어 쓴 날도 많았다. 끝까지 깜냥을 운운했다면 나는 결국 쓰는 사람으로 살지 못했을 것이다.

이런 나 같은 사람도 글을 쓸 수 있다는 걸 말하고 싶었다. 지푸라기라도 잡고 싶은 심정의 사람들에게 우리에게는 글이 있다는 걸 알리고 싶었다. 기술적으로 완벽한 글이 아니라 사람 냄새가 풀풀 나는, 그저 나다운 글을 쓰는 사람이 많아지기를 바랐다. 사람을 위해 글이 존재하는 것이지, 글을 위해 사람이 있는 건 아니니까.

글을 잘 쓰고 싶어서 이 책을 펼쳐본다면 실망할지 모른다. 이 책에는 글을 잘 쓰는 방법은 나와 있지 않다. 이미 많은 책이 잘 쓰는 법을 알려주고 있으니, 나보다 더 전문가는 차고 넘치니 나까지 반복할 필요는 없다고 생각했다. 대신 이 책에는 쓰는 사람이 되는 데 의외의 걸림돌이 되는 문제들이 나와 있다. 잘 쓰는 것과 좋은 글을 쓰는 건 다르다는 문제의식도 담겼다. 그리고 글이 왜 한 사람에게 인생의 동반자가 될 수 있는지에 대해서도 말하고 있다. 각 장 끝에는 글쓰기를 하며 조금씩 달라지고 있는 나와 내 삶을 담은 에세이를 더했다. 본문에서 언급된 글을 참고로 싣기도 했다.

이 글은 십수 년 동안 '무엇이 좋은 글인가'라는 물음을 붙들고 살아온 한 사람의 고군분투기로 읽힐지 모른다. 끝까지 글만은 놓지 않았던, 결국 글쓰기로 나에게 맞는 삶을 계속 찾아가고 있는 한 범인凡人의 이야기로 보일 수도 있다. 쓰고 나니 내 첫 책이 왜 글쓰기를 담아야 했는지 선명히 드러난다.

가만히 시간의 결을 만지는 사람이 드물다. 잠시라도 틈이 나면 스마트폰에 시선을 고정하는 사람들. 의도치 않아도 타인의 삶을, 타인의 순간들을 더 마주할 수밖에 없는 세상을 살아간다. 그런 세상에서 나라는 존재를 잊고 내 길을 잃어버리는 건 당연한 게 아닐까.

나는 누구인지, 나는 왜 여기에 있는지, 내 삶은 어디로 향해 가는지 근원의 물음을 던지는 사람이 많아졌으면 좋겠다. 잠시 멈춰 서서 모든 걸 내려놓고 오롯이 자기 자신만 들여다보는 시간이 늘어났으면 좋겠다. 글쓰기가 그런 사람에게 분명 든든한 버팀목이 되어줄 거라 믿는다. 내게도 글쓰기는 지푸라기이자 버팀목이고 동반자다. 이 글은 그 믿음에서 시작되었다.

내가 홀로 고군분투했던 시간들이 누군가에게 전해져 쓰는 용기를 내게 한다면 더할 나위 없겠다. 내가 이 글을 쓰며 내내 떠올린 얼굴들이 책을 덮자마자 마침내 종이 앞에 앉기를, 깊은 자신과 끝내 마주하기를 간절히 바란다.

부족한 나를 그리고 내 글을 믿어준 루아크 출판사 천경호 대표님께 무한한 감사의 마음을 전한다. 글을 쓴답시고 아직 어린 아이들에게 엄마의 삶을 보장해달라 몸부림을 쳐왔다. 그런 엄마를 온 마음으로 응원하고 사랑해주는 아이들에게 참 고맙다. 어떤 짓을 해도 마냥 이해해주는 당신에게도 감사하다. 내 팬을 자처하는 몇몇 독자분들이 있었기에 계속 쓸 수 있었다. 모두 덕분이다.

차례

2장 본격 글쓰기

에세이

3장 쓰기보다 더 중요한 것

에세이

1장

문턱 낮추기

당신만이 채울 수 있는
페이지가 있습니다

읽고 쓰기,
아이들만의 문제일까

초등학교 2학년인 첫째가 학교에서 책 한 권을 받아왔다. 책 제목은《맨 처음 글쓰기》. 앞으로 이 책으로 글쓰기 숙제를 한단 다. 오, 글을 쓴다고? 글이라면 절로 귀를 쫑긋 세우게 되는 나는 아이의 책을 펼쳐보았다.

차례를 보니 글감이 잔뜩 나열되어 있었다. 책 안으로 들어 가니 한쪽에는 글감에 대한 짧은 예시 글이 적혀 있었고, 다른 한쪽에는 그 글감으로 브레인스토밍을 할 수 있는 공간이 있었 다. 그리고 그 아래에는 짧게 글을 쓸 수 있도록 칸이 마련되어 있었다.

　이런 책이 다 있구나. 아이들이 일상에서 쉽게 만날 수 있는 단어들이 글감으로 나와 있는 데다 브레인스토밍을 할 수 있으니, 글이 처음이더라도 쉽게 시작할 수 있을 것 같았다. 내가 어릴 때만 해도 이런 책은 없었던 것 같은데, 다짜고짜 빈 종이에 글을 쓰라고 해서 난감한 적이 많았는데.

　아이를 키우면서 새삼 요즘 출판 시장이 얼마나 촘촘히 아이부터 어른까지 인도하는지 감탄하게 된다. 책만 하더라도 과거에는 그림책 다음에 바로 그림 하나 없는 줄글책을 읽어야 했는데, 요즘은 다르다. 그림만 있는 책부터, 짧은 글로 구성된 그림책, 긴 글로 돼 있는 그림책, 글자 크기가 크고 그림이 조금 있는 줄글책, 글자 크기와 그림이 줄고 글이 많아지는 줄글책, 청소년 문학, 영어덜트 문학, 성인 문학에 이르기까지. 읽는 책만 그런 줄 알았는데, 쓰는 책도 이렇게 꼼꼼하다.

　지금 자라나는 아이들의 문해력이나 글쓰기 실력을 걱정하는 사람이 많지만, 사실 아이들보다는 어른들이 더 염려된다. 어른 중에 책 내용을 제대로 이해하지 못하는 사람을 종종 접한다. 글을 써보라고 권하면 바로 얼어버리는 사람도 대다수다. 책만 열면 잠이 쏟아진다거나, 자신 같은 사람이 무슨 글이냐며 손사래를 친다.

글만 잘 써도 달라지는 세상

나를 잘 모르는 사람이 어쩌다 내가 글을 쓴다는 걸 알게 되면 갑자기 색안경을 끼고 나를 바라본다. 저 사람, 뭔가 좀 있나 본데? 이런 눈빛이랄까. 사실 별거 없다. 그냥 글이 좋아 쓰고, 글 쓰는 게 내 삶이라 여겨 매일 쓸 뿐이다. 그런데도 사람들은 나를 다르게 바라본다. 글을 쓴다는 이유 하나만으로. 글을 쓴다는 게 그렇게 대단한 일일까.

사실 눈치채지 못하고 있어 그렇지, 대부분의 사람은 짧든 길든 글을 쓰며 살아간다. 가장 대표적인 글쓰기는 문자메시지다. 하루에도 수십 번씩 톡을 주고받는 것, 곧 친구와 가족과 회사 사람과 톡을 주고받는 행위도 사실 글쓰기다. 하지만 사람들은 이를 글쓰기라 생각하지 않는다. SNS도 온통 글로 되어 있다. 사진이 주된 공간에도 아래에 짧게 글을 쓸 수 있다. 사진만이 아니라 글까지 좋으면 호감도는 급상승한다.

학교나 모임, 회사에서도 우리는 글로 소통한다. 학교에서는 시험이나 과제로 글쓰기가 나올 수도 있고, 잘못을 저질러 반성문을 쓸 수도 있다. 모임에서는 운영 규칙을 정하거나 모임과 관련된 이야기를 전달할 때 글이 필요하다.

회사의 모든 업무의 밑바탕에는 글이 있다. 사업계획서, 기획안, 보고서 등은 모두 글로 쓰인다. 대표부터 말단 사원까지 하나의 목표를 공유하고 이뤄나가려면 결국 모든 과정을 글로 표현하고 알려야 한다.

이렇게 우리 주변은 온통 글로 되어 있지만 사람들은 눈치 채지 못한다. 그러니 글을 써보라고 권하면 다들 화들짝 놀란다. 내가 무슨 글이냐며, 나는 글을 쓸 줄 모른다며. 이렇다 보니 남들보다 글을 조금 더 잘 쓰거나, 겁 없이 쓰는 사람은 눈에 띌 수밖에 없다. 학교에서든, 모임에서든, 직장에서든 금세 눈에 띄고, 더 설득력 있고 능력 있는 사람으로 비친다.

글은 대단한 것이 아니다

글을 쓰라고 하면 긴장부터 하는 이유는 무엇일까. 글을 읽거나 쓰는 것은 오랫동안 지식인들의 일이었다. 신분이 높은 사람만 읽고 쓸 수 있었다. 그런 과거의 영향은 여전히 남아 있다.

글은 작품이라는 생각과 작가들이 쓰는 거라는 선입견이 강한 데다, 작가는 오랫동안 지식인이었으니 시작도 하기 전에 거리를 두는 것이다. 시대가 바뀌어 대부분의 사람이 글을 읽고 쓸 줄 아는데도 이런 관념은 쉽게 바뀌지 않는다.

글은 특별한 무엇이 아니다. 가족이나 친구와 대화하듯이 말을 활자화한 게 글이다. 예전에는 구어체니 문어체니 하며 말하는 언어와 쓰는 언어에 차등을 두었지만, 요즘은 그렇지 않다.

말이 곧 글이다. 글은 또다른 말이기도 하다.

　말을 잘하는 사람이 글도 잘 쓴다. 글을 잘 쓰는 사람이 말도 조리 있게 잘하는 경우가 많다. 말로는 하겠는데 글은 못 쓰겠다고 하는 건 경험이 많지 않아서다. 글을 대단한 무언가로 생각하기 때문이다. 자신이 그동안 짧든, 길든 써왔던 글들을 글이라 인식하지 못해서이기도 하다.

　처음 쓰는 사람 같지 않게 문장력이 좋은 사람을 본 적이 있는데, 알고 보니 오랜 기간 어머니의 투병일지를 기록한 일이 있다고 한다. 또 학창시절에는 친구들 사이에서 이야기를 재미있게 하기로 소문난 사람이었다. 자신도 모르는 사이 말하기와 글쓰기 실력을 키우고 있었지만, 그는 자신이 글을 써본 적이 없다고 인식하고 있었다. 하지만 글은 그 시간들을 배신하지 않고 고스란히 드러내고 있었다.

　인터넷이 발달한 요즘, 우리는 이전보다 더 글로 이뤄진 세상에서 살아간다. 인터넷 세상은 영상이나 사진이 주가 되는 것처럼 보이지만, 그 안에 깔린 기본 바탕은 글이다. 영상 안에는 자막이 들어가고, 사진 아래에는 캡션이 달린다.

　시청자들에게는 보이지 않지만 모든 영상은 대본을 기준으로 만들어진다. 웹툰, 웹소설, 뉴스, 블로그 역시 모두 글로 되어 있다. 모두가 매일 책을 펼치진 않아도 대부분의 사람은 매일 스마트폰으로 글을 읽는다.

인간은 언제부턴가 어떻게든 글로 표현하고 글로 전달하며 살아가고 있다. 오래 남기고 싶거나, 제대로 남겨야 할 때는 꼭 글로 쓴다. 인터넷은 그런 현실을 더 극대화한 세상이다. 이 세상에는 한계가 없다. 남길 수 있는 양에도, 남길 수 있는 사람에도 경계가 없다. 아르헨티나 작가인 호르헤 루이스 보르헤스는 "세계는 한 권의 책이 될 것"이라고 말했다. 우리는 우리도 모르는 사이 거대한 글 세상을 매일 유영하며 살아가고 있는 것이다.

글쓰기는 거대한 세상에
나만의 페이지를 만드는 것

이런 세상에서 글을 쓴다는 건 그 거대한 한 권의 세상에 작은 나만의 공간을 만드는 것이다. 세상이라는 책에 내 이야기를 한 페이지 끼워넣는 일이다. 나라는 작은 존재가 이 넓은 세상에서 부대끼고 안간힘 쓰면서 나만의 삶을 살아가고 있다는 걸 알리는 과정이다.

이야기는 살아 있다. 이야기는 이야기로 연결된다. 사람과 사람의 삶은 연결되어 있기에. 내 이야기를 한다는 건 나와 비슷한 누군가의 이야기를 대신한다는 말과 같다. 이 넓은 세상 어딘가에는 나와 비슷한 삶을 살고 있는 누군가가 한 명이라도 있기 마련이다. 그 한 사람을 만나기 위해, 보이지 않는 이야기로 연결된 누군가와 공감하기 위해 우리는 각자의 이야기를 해야만한다. 공감은 사람을 살리는 힘을 지니고 있다.

나는 글이 사람을 바꾸고 나아가 세상을 변화시킬 거라고 믿는다. 글은 언어라는 한계 속에서 빚어지는 결과물이다. 아무리 뛰어난 언어라 해도 세상 모든 걸 표현할 수는 없다. 그럼에도 우리는 그 언어로 생각하고 표현한다. 그 한계를 딛고 어떻게든 소통하기 위해 글자를 주무르는 작업이 글쓰기다. 가장 직접적이면서 가장 기본적인 소통 방식이 인간에게는 글인 것이다.

언어로 표현할 수 없는 세상은 음악이나 그림, 춤 등으로 승화되어 나타난다. 글, 음악, 그림, 춤 등을 업이 아닌데도 지속하는 건 건강한 삶을 유지하는 가장 좋은 방법 중 하나다. 이런 예술 활동은 나 자신과 대화하는 동시에 세상과 소통하는 일이다. 아무리 고립되어 있는 사람일지라도 자신을 표현하는 수단 하나쯤 가지고 있으면 결코 혼자가 아니다. 나를 표현하고자 하는 욕망은 결국 제대로 숨 쉬며 살아가기 위한 본능적인 욕구인 것.

그러니 당신도 썼으면 좋겠다. 당신이 어떤 성별이든, 어떤 직업이든, 어떤 지역 출신이든, 어떤 학벌이든, 어떤 취향을 가졌든 상관없이 자신의 글을 썼으면 좋겠다. 음악을 만들거나 그림을 그릴 줄 몰라도 우리 모두 태어나 글자는 배웠으니 적어도 글은 쓸 수 있다. 단절된 경력과 조각난 삶을 살아온 나도 글을 쓴다. 글을 쓸 수 있었던 건 글밖에 없었기 때문이다. 글 이외에 내 삶을, 내 선택을, 나라는 사람을 표현할 방법이 없었기 때문이다.

다행인 건 글은 정말 정직하다는 것. 쓴 만큼 좋아지는 게 글이다. 생각한 만큼 깊어지는 게 글이고. 그래서 아무것도 없는 나도, 별 볼 일 없는 나도, 한때 모든 걸 잃어버렸다 생각했던 나도 글만은 쓸 수 있었다. 그러니 당신도 함께 썼으면 좋겠다. 그것이 무엇이든, 어떤 이야기든 당신의 이야기를 풀어냈으면 좋겠다. 이 거대한 세상에 당신의 페이지를 만들어갔으면 좋겠다. 그 페이지는 당신만 채울 수 있으니.

삶을 바꾸는 데
힘이 되는 글

마흔이 넘어 길을 잃는 사람이 주위에 많다. 이 일이 내가 정말 좋아하는 일이었나, 이 도시가 내가 정말 살고 싶은 곳인가, 지금 나는 내가 원하는 삶을 살고 있나, 앞으로 어떻게 살아가야 하나…. 남들처럼 학교를 졸업하고 취직을 하고 결혼을 하고 아이를 낳아 기르다 보면, 어느 순간 내가 원하는 삶을 살고 있는지에 대한 궁극적인 물음이 따라오는 것이다.

나는 조금 이른 이십 대 후반에 이런 물음에 시달렸다. 일에 대한 회의감이 찾아오면서 나도 모르는 미래를 위해 돈을 모으고 하루하루 살아가는 일상이 무의미하게 여겨졌다. 이렇게 사는 게 내가 원해서 택한 건가, 아니면 남들도 다 그렇게 살아가니 나 역시 이 길로 가고 있는 건가, 나는 왜 일상에 만족하지 못하나, 이렇게 살아가는 게 정말 맞는 걸까, 나는 내 생각대로 살아가고 있을까, 그렇다면 내 생각은 무엇일까….

방황 보존의 법칙이라도 존재하는 건지, 십 대에 특별히 사춘기를 겪지 않았던 나는 이십 대 후반 지독한 사춘기를 앓았다. 한번 내 안에 싹튼 의문은 나를 집요하게 파고들었다.

나는 너무나 모순된 사람이었다. 일례로 한국의 교육제도를 비판하면서 그런 제도 아래의 학벌은 중요하지 않다고 주장했지만 정작 타인을 만날 때는 학벌을 눈여겨봤다. 학벌이 낮으면 은근히 낮춰보고, 반대로 높으면 장점을 찾으려 부단히 노력했다. 사실 중요한 건 겉모습이 아니라고 말하면서도 타인이 걸친 옷과 가방이 어느 브랜드인지 꼼꼼히 살폈다.

삶이 흔들릴수록 이런 모순된 생각과 행동을 보이는 자신에게 환멸을 느꼈다. 나는 왜 생각하는 대로 행동하지 못하는지, 말과 행동을 일치시키려면 어떻게 중심을 잡아야 하는지 혼란스러웠다. 언행일치라는 말이 왜 굳이 존재하는지, 말과 행동이 일치하는 삶을 사는 게 왜 그리 힘들다고 하는지 절절히 알 것만 같았다. 나는 진심으로 언행일치의 삶을 살고 싶었다. 겉 다르고 속 다른 사람이 아니라, 모든 게 하나로 일치하는 진실된 인간으로 살고자 했다. 그러려면 정확히 내가 원하는 것이 무엇인지, 내가 옳다고 생각하는 게 무엇인지 알아야 했다.

생각해보니 우선 나는 떠나고 싶었다. 누구의 딸, 누구의 동생, 어느 직장의 누구 같은 역할이 아닌 자연인 상태 그대로의 나로서 오롯이 설 수 있는 공간이 그 시절 내게는 여행이었다. 커다란 배낭을 메고 시간도, 장소도 정하지 않은 채 마음대로 떠도는 여행을 한 번이라도 하지 않으면 너무 큰 후회를 할 것 같다는 생각이 들었다.

여행을 다녀오면 왠지 말과 행동이 일치하는 삶을 시작할 수 있을 것만 같았다. 여행지에서의 나는 철저히 익명성이 보장된 사람이다. 새로운 세상에 홀로 떨어진 아기와 다름없다. 그런 무無의 상태에서 모든 걸 새로 시작하고 싶었다. 그러면 다시 태어날 수 있지 않을까.

여행을 목표로 두고 삶을 설계했다. 여행을 하려면 어떤 준비가 필요한지 먼저 떠올렸다. 여행을 선택함과 동시에 내가 삶에서 포기해야 하는 건 무엇인지 곱씹었다. 내 생각대로 사는 삶을 향한 첫발을 내디딘 것이다. 여행 하나를 얻는 대신 내가 버려야 하는 건 너무나 많았다. 그동안 쌓아온 경력, 직장, 모아둔 돈, 결혼(당시에는 결혼적령기라는 말이 아직 남아 있던 시절이었다) 그리고 미래까지. 이 모든 걸 버리면서까지 떠나겠느냐고 스스로에게 묻고 또 물었다.

나는 절실했다. 껍데기 같은 삶에서 벗어나고 싶었다. 떠나겠다는 결심이 서자마자 나는 하나씩 내버리기 시작했다. 경력을 내려두고, 직장을 포기하고, 돈은 다시 벌면 된다 자위하고,

결혼은 내 뜻대로 할 수 없는 것이라 정의 내리고, 미래는… 떠나든, 떠나지 않든 결코 알 수 없는 미지의 세계라 여겼다. 마침내 주먹을 활짝 펴 손안에 움켜쥐고 있던 모든 모래알을 흘려보낸 뒤에야 나는 사표를 내고 비행기표를 끊었다.

모든 결정을 끝낸 뒤 부모님께 통보했다. 허락이 아닌 통보였다. 떠날 거라고, 기간도 목적지도 없는 여행을 다녀오겠다고. 서른이 코앞이었지만 말린다고 들을 자식이 아니란 걸 아셔서인지 부모님은 별말이 없으셨다. 내가 할 수 있는 건 공수표를 날리는 것뿐이었다. 앞으로 글 쓰는 삶을 살 거라고. 무엇을 쓸지, 어떻게 쓸지, 쓸 수는 있을지 그 어떤 것도 정해진 게 없으면서 나는 내 길이 행여나 막힐까 두려워 아무 말이나 던졌다. 그렇게 말씀드린 뒤 밤새 눈물을 흘렸다. 행복해서.

행복의 형상을 모르는 사람이었는데, 그날은 내가 흘리는 눈물이 행복이라는 걸 확실히 알 수 있었다. 이제야 드디어 모든 걸 내려놓을 수 있겠다는 생각에 마음이 그 어느 때보다 홀가분했다. 긴장이 탁 풀릴 때 갑자기 모든 세포에서 공기가 빠져나가는 느낌이 들 듯, 그때의 내가 그랬다. 태어나 처음으로 느껴보는 감정이었다. 모든 걸 가져야만 행복한 줄 알았는데, 모든 걸 내려놨을 때 오히려 더 행복에 다가간다는 걸 알게 된 것이다. 그 밤은 영원히 잊지 못할 길고 긴 환희의 밤이었다.

생각을 바꾸는 데
가장 좋은 방법, 글쓰기

어느 날 찾아온 하나의 의문이 내 삶을 바꾸는 데까지 나아 간 것. 그 변화를 이끈 원동력은 무엇이었을까. 그건 다름 아닌 '생각과 쓰기의 힘'이었다. 의문이 피어날 때마다 글을 쓰며 생 각했다. 옳게 가고 있는 것인지, 나는 어디로 가고 있는지, 이걸 포기하는 게 맞는지. 하나하나 내려놓으며 내 심경이 어떻게 변 화하고 있는지 마음을 펼쳐 보이기도 하고, 내 신념을 확인하거 나 다지기도 하고, 글이 글을 낳는 것처럼 쓰면서 생각을 발전시 키기도 했다. 쓴다는 건 단순히 글자를 나열하는 것이 아닌, 내 생각을 눈앞에 펼쳐 보이고, 확인하고, 발전시키는 과정이었던 것이다.

손가락에 또다른 자아가 있기라도 한 건지 신기하게도 글을 쓰기 시작하면 관련된 온갖 것들이 머릿속에서 딸려 나온다. 이 런 게 정말 내 머릿속에 있었나? 내 안에 이렇게 많은 생각이 들 어 있나? 생각이 이렇게까지 발전할 수 있나? 이건 정말 나의 생 각인가? 스스로도 믿기지 않을 만큼 생경하면서도 밀도 있는 생 각들이 글을 쓸 때마다 내 안에서 하나둘 길어 올려진다.

그러니 글이 잘 쓰이지 않는 날에도 하얀 종이를 끌어안고 끙끙댄다. 뭐라도 튀어나오겠지, 쓰다 보면 생각이 발전하겠지하는 마음에. 쓰지 않으면 모른다. 내 안에 들어 있는 게 무엇인지, 내 생각이 어디까지 뻗어갈 수 있는지, 나는 어디까지 쓸 수 있는지. 생각만으로 생각을 발전시키는 것에는 한계가 있다. 우리는 소크라테스가 아니다. 그래서 우리에게는 글이라는 도구가 필요하다.

생각하지 않으면 자신의 신념대로 살아갈 수 없다. 내 생각을 의심하고, 확인하고, 발전시키지 않으면 맹목적으로 타인의 생각을 좇게 된다. 그러다 어느 날 갑자기 주저앉는다. 내가 원한 삶은 이게 아니었는데, 나는 어디로 향하고 있나 하면서. 삶을 바꾸려면 먼저 생각을 바꿔야 한다. 글쓰기는 생각을 바꾸는 데 가장 좋은 방법이다. "너무 많은 생각은 독이다" "장고 끝에 악수 둔다"라는 말이 있다. 틀린 말은 아니지만 생각하지 않으면 내 생각대로 살 수 없는 것 또한 맞는 말이다.

글쓰기는 그 많은 생각이 독이 되지 않도록 막는 데 큰 도움을 준다. 찡그리고 있는 사람에게 거울을 들이밀면 갑자기 미간의 주름을 펴는 걸 볼 수 있다. 거울에 비친 자기 모습을 의식하면서 더 나은 모습을 보이려 하는 것이다. 글도 그렇다. 글은 마음의 거울이기에 아무리 에두르고 감추려 해도 글쓴이의 내면이 녹아 있다. 글을 쓰면 알게 된다. 내 마음의 어느 곳이 주름져 있는지, 펼쳐야 하는 부분은 어디인지. 그 과정에서 생각은 발전하고 왜곡된 인식은 조금씩 개선된다.

거울을 보지 않으면 내 얼굴이 얼마나 구겨져 있는지 알 수 없듯, 글을 쓰지 않으면 자신의 내면에 무엇이 담겨 있는지 알지 못한다. 쓰지 않고 머릿속에만 담아두면 생각은 몸집을 불리지 않는다. 그런 생각은 하면 할수록 내면에만 갇혀 부패하기 쉽다. 나를, 내 상황을, 내 생각을 정리하며 앞으로 나아가는 건 그래서 중요하다. 정리를 하려면 써야 한다. 글은 나침반처럼 생각이 길을 잃지 않도록 도와준다.

처음부터 일목요연하고 정갈한 글을 쓸 수는 없다. 우선 나열해야 한다. 글이 산으로 가도 좋고, 삼천포로 빠져도 괜찮다. 생각을 우선 죽 늘어놔야 내 안에 들어 있는 게 무엇인지 파악할 수 있기 때문이다. 내 안에 들어 있는 걸 정확히 알아야 흔히 말하는 정돈된 글을 쓸 수 있다. 글의 생김은 뒤로하고 우선 배설하듯 마음껏 쏟아내는 과정이 먼저인 건 그래서다. 정리는 나중 문제다. 퇴고하기 가장 어려운 글은 마구 쏟아낸 글이 아니라, 아무것도 쏟아내지 않은 글이다.

내 삶이 내 것이 되려면

돌멩이 하나를 집어 물에 던지면 수면에 작은 동그라미가 생긴다. 그 동그라미는 하나로 그치지 않고 점점 크기가 큰 동그라미가 된다. 이를 우리는 '파문波紋'이라 부른다. 시간이 지나면 파문은 사라진다. 수면은 다시 고요해진다. 하지만 계속 돌멩이를 던지다 보면 그 돌이 쌓이고 쌓여 강바닥 지형이 변한다. 글을 계속 써야 하는 이유도 이와 같다. 한 번만 써서는 생각이 달라지지 않는다. 쓰고 또 써야 그 생각들이 쌓여 새로운 지형을 만든다.

자신의 마음속에 파문을 일으키는 걸 두려워하지 않았으면 좋겠다. 자신의 삶을 바꿀 수 있는 건 그 누구도 아닌 자신뿐이다. 내 안의 깊은 속내를 들여다볼 수 있는 것도 나 자신만 할 수 있다. 글을 쓰는 건 나를 정면으로 마주하는 일이다. 나를 제대로 알아야 나를 바꿀 수 있다. 쓰다 보면 알게 된다. 내가 달라지고 있다는 걸, 내가 달라져야 내 삶도 달라진다는 걸.

긴 여행으로 남은 건 기억뿐이지만 그럼에도 후회하지 않은 건 내가 선택한 내 삶이었기 때문이다. 타인이나 세상의 의지가 아닌, 자기 의지로 굴러가는 삶은 신성장 동력을 장착한 것과 같다. 조금 다르고, 조금 위험하더라도 내 안에서 생성된 에너지로, 내가 깨달은 방식으로 살아가는 것. 이는 수동의 삶을 능동의 삶으로 바꾸는 일이다.

그런 삶을 택하고 걸어가자 비로소 내 삶이 진짜 내 것이 된 것 같았다. 그 이후에는 시련이 닥치더라도 다시 꼿꼿하게 일어설 수 있었다. 내가 선택한 삶이라는 묵직한 '책임감'과 내 안에서 나온 순수한 '동기'라는 두 개의 바퀴가 어떻게든 나를 앞으로 굴러가게 했다.

　글을 썼기에 나는 나를 알 수 있었다. 나를 알아야 내가 원하는 삶을 살 수 있다. 나는 생물이기에 고정되어 있지 않고 계속 변한다. 오늘의 나는 어제의 나와 다르다. 글을 놓을 수 없는 이유다.

재능이 없어도 좋은 글을
쓸 수 있습니다

얼마 전 길을 잃은 한 친구에게 글쓰기를 권했다. 작가가 되려는 마음, 글을 잘 쓰려는 마음 같은 건 접어두고 그냥 한번 써보라고. 그러면 너도 몰랐던 너의 마음이 눈앞에 펼쳐질 거라고. 혹은 쌓아두고 해소하지 못한 감정들이 배설되면서 훨씬 가벼워질 거라고. 그러자 친구는 대뜸 이렇게 말했다.

"나도 너처럼 글을 잘 쓰면 좋겠다."

글을 쓴다고 하면 많은 사람이 오해를 한다. 내가 글에 재능이 있는 사람이라고. 나는 단 한 번도 내가 글쓰기에 재능이 있다고 생각해본 적이 없다.

오래전 언론고시를 준비하면서 스터디를 꾸준히 한 적이 있다. 매주 사회 현안에 대한 논술을 써야 했는데, 그 자리에서 나는 번번이 혹독한 합평을 들어야 했다. 스스로 글을 잘 쓴다 생각한 적도 없지만, 타인으로부터 잘 쓴다고 칭찬을 받아본 적도 없다. 그저 글쓰기를 두려워하지 않았을 뿐이다. 답답한 마음이나 분노하는 마음이 쌓일 때마다 글로 풀어내는 버릇이 들어 꾸준히 쓴 것뿐이지, 재능이 있다 생각해 시작한 일은 아니었다. 재능이 있다 말하기에 나라는 사람과 내 글은 지극히 평범했다.

나도 한때 글은 재능 있는 사람이 쓰는 거라고 생각했다. 이십 대 때 김훈 작가의 에세이 《자전거 여행》을 참 좋아했다. 그 책에 나온 문장들을 읽고 또 읽으면서 글은 역시 타고난 작가들이나 쓰는 거라고 여겼다. 어떻게 이런 문장을 쓸 수 있는지 행간마다 멈춰 서서 감탄을 했다.

동시에 할 수만 있다면 나도 저런 문장을 쓰고 싶었다. 하지만 아무리 노력한다 해도 쓸 수는 없을 것만 같았다. 내가 아무리 열심히 달리기를 해도 우사인 볼트보다 빠를 수 없고, 죽기 살기로 스케이트를 연습한다 해도 김연아 선수만큼 잘 타기는 어려울 테니까.

글도 그런 분야라고 생각했다. 재능 있는 사람만이 도전하고 정복할 수 있는 게 글이라고. 글에 대해 하나도 모르던 시절의 착각이었다. 당시는 '좋은 글은 곧 명문名文'이라는 잘못된 인식이 깊숙이 박혀 있기도 했다.

재능보다 더 귀한 건 꾸준함

천재나 영재를 동경하는 사회다 보니, 많은 사람이 재능을 높이 산다. 타고난 재능이 무엇인지 알기 위해 각종 적성검사를 하거나 여러 학원을 다니기도 한다. 그렇게 찾은 재능을 발휘하고 살아야 행복하다고 믿는다. 그게 성공한 인생이라고. 정말 그럴까.

어릴 때는 나도 천부적 재능을 갖고 태어난 이들이 부러웠다. 내 재능은 무엇일까 골똘히 고민해본 적도 많았다. 그런 십 대와 이십 대, 삼십 대를 지나 사십 대가 된 지금의 나는 재능을 특별한 것으로 여기지 않는다. 아무리 뛰어난 재능을 갖고 태어났다 할지라도 본인이 좋아하지 않으면 꾸준히 할 수 없다. 천재로 태어난다 해도 노력하지 않으면 천재는 천재로 살지 못한다.

오십이 넘어 요리연구가가 된 지인이 있다. 젊을 때부터 여러 나라 음식 만들기를 즐겨 하고, 주변 사람들에게 직접 요리해주는 걸 무척 좋아했다. 요리를 못하는 건 아니지만 하는 과정을 즐기지 못하는 나는, 어느 날 그에게 물었다. 요리하는 게 힘들거나 지겹지 않느냐고. 지인은 내게 말했다.

"과정을 즐겨야 해. 나는 요리하는 과정이 정말 즐거워."

곰곰 생각해보니 내가 계속 글을 쓸 수 있었던 것도 글을 쓰는 과정을 사랑했기 때문이다. 글에 대한 재능이 있다 생각해본 적도 없고, 대단한 작가가 될 거라 기대해본 적도 없다.

그런데도 계속 쓸 수 있었던 건 글을 꼭 쓰고 싶었던 소망도 작용했지만, 글 쓰는 과정을 순수하게 좋아해서다. 여전히 백지 앞에 설 때마다 긴장감과 설렘이 공존한다. 이번에는 또 어떤 글을 써볼까, 이 이야기는 어떤 단어들로 표현해볼까 하는 기대감이 부풀어 오른다. 언제 이 종이를 다 채우나 싶어 한숨이 나오다가도 문장 하나, 문단 하나 만들어낼 때마다 뿌듯하다. 결국 글 하나를 다 쓰고 마침표를 찍고 나면 든든해진다. 나를 받쳐줄, 내게 힘이 되어줄 글 하나가 더해졌다는 생각에.

글에 재능은 있지만 쓰는 과정을 귀찮아했다면 나는 과연 꾸준히 글을 쓸 수 있었을까. 이 짓을 내가 왜 하지? 하며 벌써 때려치우지 않았을까. 앞서 언급한 지인이 요리에 재능은 있는데 하기를 싫어했다면 오십이 넘어 요리연구가가 될 수 있었을까. 이놈의 지긋지긋한 밥상 또 차려야 한다며 매 끼니때마다 속상해하지 않았을까.

특정 분야에서 천재 혹은 영재로 알려진 사람들의 삶을 가만히 들여다본다. 대중들 앞에 보이는 그들의 모습은 화려하지만, 보이지 않는 모습까지 화려할 리 없다. 스포트라이트가 닿지 않는 그늘 속 삶을 생각한다. 그 자리에 오르기까지 얼마나 지난한 싸움을 벌여야 했을까. 자신이 목표한 자리까지 가기 위해 얼마나 많은 시간을 쏟고 땀과 눈물을 흘렸을까.

어느 누구도 재능만으로 걸어가지 못한다. 단거리는 가능할지 몰라도 장거리라면 턱없이 부족하다. 그 누구에게도 성과는 거저 주어지지 않는다.

과정을 즐기는 게 재능이다. 결과야 어찌 됐든, 돈이 되든 안 되든 그저 좋아서 그 과정을 즐기기에 계속 해나가는 게 진짜 재능이다. 자신이 해야 할 일을 묵묵하게 지치지 않고 매일 조금씩 꾸준히 하는 것. 인생이라는 장거리 무대에서 '꾸준함'을 이길 수 있는 건 없다. 꾸준히 할 수 있는 혹은 하고 싶은 무언가를 찾았다면 그건 분명 축복이다. 마흔이 넘어서야 나는 이 진리를 어렴풋 알게 되었다.

'잘 쓴 글'과
'좋은 글'은 다르다

보통 글을 써야 한다면 사람들은 '잘' 쓰고 싶어 한다. 주제가 명확하고, 화려한 표현이 넘치며, 짜임새 있는 글을 써야 한다고 생각한다. 맞춤법과 띄어쓰기도 완벽해야 한다고 여긴다. 이런 것들이 글을 잘 쓰는 데 필요한 요소이긴 하다. 하지만 이것이 전부일까. 이걸 모두 갖추면 '좋은 글'이 될까.

이런 요소를 모두 갖췄는데도 '좋은 글'이라고 볼 수 없는 경우도 있다. 진짜 나를, 내 생각을 보여주지 않고, 남의 것을 가져오거나 깨달은 척하는 글들이 그렇다. 글쓰기도 일종의 기술이기 때문에 계속 쓰면 필력이 좋아져 거침없이 쓸 수 있다. '잘 쓴 글'은 훈련을 통해 충분히 써낼 수 있기에 이런 척이 가능하다. 하지만 '좋은 글'은 결코 훈련만으로 쓸 수 없다.

글이라고는 제대로 써본 적이 없는데도 단번에 '좋은 글'을 쓰는 사람이 있다. 자기 삶에 충실하고, 끊임없이 성찰하며, 글 속에 그런 자신을 가감 없이 드러내는 이들이다. 부끄러운 모습도, 부족한 모습도 감추지 않고 보여주면서 자기 이야기를 담담하게 하는 사람은 금세 '좋은 글'을 써낸다. 이런 글은 짜임새가 엉성해도, 화려한 표현이 없어도, 맞춤법이나 띄어쓰기가 엉망이어도 독자에게 깊은 울림을 준다. 그 사람이 훈련까지 열심히 한다면 그의 글은 '좋은 글'인 동시에 '잘 쓴 글'이 된다.

두 글의 차이를 옳고 그름으로 바라보기보다는 쓰임이 다른 글이라고 보는 게 맞다. 경우에 따라 '잘 쓴 글'이 필요할 때가 있고, 그저 '좋은 글'이어도 무방할 때가 있다. 글이 업인 사람이라면 잘 쓰는 게 중요하겠지만, 처음 글을 쓰는 사람이라면 잘 쓰는 것보다는 '좋은 글'을 쓰려고 노력해보라 권하고 싶다. '잘 쓴 글'은 훈련으로 쓰지만, '좋은 글'은 거쳐온 삶과 솔직함으로 쓰는 것이기에. 초보라 해도 마음가짐만 정직하게 먹으면 누구나 '좋은 글'을 쓸 수 있다.

명문보다 중요한 건 솔직함

예전에는 명문이 많은 글이 좋은 글이라고 생각했다. 명문을 많이 쓰는 작가가 잘 쓰는 작가라고 믿었다. 하지만 오래 글을 써보니 명문은 깊은 사유의 끝에 자연스럽게 나오는 것이지, 명문만 좇아서는 절대 쓸 수 없는 것이었다. 명문은 타고난 사람이 쓰는 게 아니었다. 사람과 사물과 자연을 오래 들여다보고 깊이 성찰하는 사람이 쓰는 것이었다.

명문에 집착하는 것보다 더 중요한 건 얼마나 솔직하게 지금의 나를 드러내느냐다. 끊임없이 자신을 돌아보고 더 나은 사람이 되기 위해 노력하는 자세가 더 좋은 글을 쓰게 한다. 명문 없이도, 화려한 미사여구 없이도 충분히 좋은 글은 많다. 문맹으로 지내다 고령이 되어서야 글을 깨친 사람들의 글을 종종 찾아본다. 이분들은 오랜 시간 글이라고는 읽어보지도, 써보지도 않았다. 이제야 글을 알아 가슴에서 우러나오는 말들을 종이 위에 털어낸다.

그 글들은 살아 있다. 이분들은 꾸미지도 않고 과장하지도 않는다. 그저 살아온 삶으로, 버텨온 몸으로 글을 쓴다. 글자가 삐뚤고 맞춤법이 어긋난 건 문제가 되지 않는다. 짧은 글인데도 심지가 있어 읽을 때마다 마음이 일렁인다. 그러고는 다시 겸허한 마음으로 내 글을 살핀다. 혹여 겉모습에만 치중한 글을 쓰지는 않았는지, 거짓을 참인 것처럼 말하진 않았는지, 삶을 위한 글이 아니라 보여주기 위한 글을 쓰지는 않았는지 돌아본다.

'좋은 글'을 쓰는 사람이 많아졌으면 좋겠다. '잘 쓴 글'이 아니라 '좋은 글'. 그런 글이 진짜 명문이라고 믿는다. 명문은 결국 좋은 사람에게서 나온다. 사람과 삶과 세상에 대해 오래 관심을 두고 깊이 고민한 사람에게서 좋은 문장이 나온다. 좋은 사람은 좋은 글을 쓸 수밖에 없다. 글에는 사람이 담기기 때문이다.

그런 글을 쓰는 사람이 많은 사회는 지금보다 더 살 만한 세상일 것이다. 훨씬 더 성숙한 사회일 수도 있다. 그 사회로 가려면 어떻게 해야 할까. 일단 앉아서 나부터 글을 써야 한다. 사회가 썩었다고 한탄만 하지 말고, 당장 나부터 내 이야기를 꺼내놓아야 한다. 희망은 거기에서 시작한다.

글의 효능을 아시나요?

어쩌다 보니 글쓰기 전도사

바꿀 수 없는 현실에 괴로워하거나 어디로 가야 할지 몰라 방황하는 사람들을 만나면 나는 두 손을 꼭 잡고 말한다. 나랑 같이 글 쓰자. 글을 쓰면서 길을 찾아보자. 글이 꽉 막힌 것만 같은 길을 뚫어줄지도 모른다. 거의 '글교'가 아닌가 싶을 정도로 어쩌다 보니 자타 공인 글쓰기 전도사가 되었다. 믿는 종교도 없는 나는 어쩌다 이렇게 되었을까.

시작은 몇 년 전으로 거슬러 올라간다. 그전까지 나는 매일 글을 쓰지 않았다. 직업상 매일 쓴 시기도 있었지만, 일을 그만둔 뒤로는 가끔 '필' 받을 때만, 하고 싶은 말이 마음속에서 마구 샘솟을 때만 글을 쓰곤 했다. 글 쓰는 삶을 살고 싶다는 꿈은 있지만 습관이 되어 있지 않은, 전형적으로 게으르게 꿈만 꾸는 사람이었던 것이다.

그러던 어느 날 갑자기 각성이 일어났다. 언젠가는 써야지 하며 차일피일 미루다 보니 어느덧 내 나이 마흔이 코앞이었다. 부끄럽게도 마흔이 되도록 후회 없을 때까지 최선을 다해본 일이 없었다. 꽂히는 일이 있어도 적당히 하다 말거나, 초반에 열정을 불사르다 얼마 못 가 제풀에 꺾여 나가떨어지기 일쑤였다. 마흔을 마주하고 덜컥 가슴이 내려앉았다. 이러다 정말 크게 후회하겠구나.

박완서 작가가 마흔에 등단했다는 이야기에 나도 마흔이 되면 글을 쓰겠노라 막연히 생각해온 터였다. 더는 미룰 수 없다, 이제는 써야 한다 싶었다. 돌이켜보면 늘 나를 일으켜 세운 건 후회할지도 모른다는 예감이었다. 그 예감이 들면 앞뒤 재지 않고 당장 그 일에 뛰어들게 된다.

소위 말하는 성공하는 삶을 바라지는 않는다. 그 대신 후회가 적은 삶을 살고 싶다. 이 신념 때문에 큰 후회를 맞닥뜨릴 것만 같은 때가 오면 정신이 바짝 든다. 지체할 시간이 없다는 생각은 나를 마침내 앞으로 나아가게 한다. 때마침 새로 오픈하는 글쓰기 플랫폼이 있어 그곳에 매일 짧게라도 글을 쓰겠다고 나 자신과 굳게 약속했다.

습관을 기르는 데 걸리는 시간, 두 달

내게 글쓰기는 습관이 필요한 일이었다. 작가는 등단이라는 결과를 얻은 사람이 아니라, 계속 쓰는 상태의 사람이라고 믿고 있다. 명사가 아니라 동사의 개념이라고 보는 것. 찾아보니 습관을 들이려면 두 달가량의 시간이 필요하다고 한다. 나는 생애 마지막 도전이라는 생각으로, 눈 딱 감고 두 달 동안 매일 500자 이상 쓰겠노라 다짐했다.

아무 데서나 글을 썼다. 앉아서도 쓰고, 서서도 쓰고, 이동하면서도 썼다. 카페 일과 육아, 살림을 함께 하는 입장에서 자리에 다소곳하게 앉아서 쓸 시간은 없었다. 카페 일을 하다가도 틈틈이 적었고, 집안일을 하다가, 밥을 하다가, 잠을 자다 깬 새벽에도 수시로 끼적였다. 쓰는 도구를 노트북으로 한정했을 때는 노트북 앞에 앉기까지가 너무 힘들었는데, 스마트폰을 추가하자 어디서든 쓰는 게 가능했다.

스마트폰으로 쓰는 건 처음에는 오타가 너무 많아 힘겨웠는데, 계속 쓰다 보니 오타율이 점점 줄어들었다. 그렇게 두 달을 살고 나니 신기하게도 나는 누가 시키지 않아도, 애써 마음먹지 않아도, 영감을 꼭 받지 않아도 언제 어디서나 글을 쓰고 있었다. 습관을 들이자 그다음은 자연스레 굴러가기 시작했다. 글 쓰는 삶이 마침내 일상이 된 것이다.

무슨 글을 그렇게 썼을까 싶을 만큼 쓰고 또 썼다. 사회 현안에 대한 글도 썼지만, 주로 쓴 건 살아온 삶을 녹여낸 에세이였다. 아픈 기억, 행복한 기억, 지우려던 기억, 아련한 기억 등 마주하기 힘든 아픔이나 상처를 과감히 꺼내 글로 썼다. 쓰다 보니 알게 됐다. 지나온 삶으로 글을 쓰는 건 그 시절의 나와 화해하는 일이라는 걸.

나는 한동안 청춘이란 단어를 외면했다. 청춘은 내게 희망으로 가득한 시기가 아니라 나 자신은 없고 타인과 세상에 속절없이 흔들리기만 한 절망의 시절이었다. 그러니 생각만 해도 부끄럽고 진저리가 났다. 그 시절의 나를 도무지 이해할 수 없었다. 아무리 힘들다 해도, 아무리 타인의 시선이 중요하다 해도 좀더 내면의 중심을 잡을 수는 없었냐며 나는 자주 내 청춘을 질타했다.

그런데 글을 쓰면서 조금씩 변화가 일어났다. 신기하게도 쓰면 쓸수록 나는 혐오하고 학대하던 과거의 나를 용서하게 됐다. 부끄러웠던 과거는 점점 이해할 수 있는, 애틋한 과거가 되어갔다. 방황하고 흔들렸지만 뿌리째 뽑히지 않고 살아낸 것만으로도 청춘의 할 일을 다 한 것이라고 나는 나를 안아주었다. 놀랍게도 과거의 나와 악수를 나눌수록 지금의 나를 사랑하는 마음이 커졌다. 과거의 나를 감싸는 건 결국 그 과거를 바라보는 지금의 나를 사랑하는 일이었던 것.

자신을 사랑할수록 내면은 점점 단단해진다. 이전의 나는 타인의 영향을 무척 많이 받았다. 겉으로 티는 내지 않지만, 뒤돌아서서 속으로 끙끙 앓는 사람이 바로 나였다. 하지만 글을 쓸수록 타인의 공격적인 말이나 알 수 없는 시선으로부터 자유로워지는 스스로를 발견하게 됐다. 나 자신에게 부끄러운 짓을 하지 않았다면 더는 주변 눈치를 보지 않으려 했다. 나 자신을 믿고 행동하는 일이 늘어갔다. 내면의 힘이 커진 것이다.

쓰는 걸 지속하자 세상을 바라보는 눈도 덩달아 부지런해졌다. 작은 사건도 놓치지 않고 관찰하고, 분석하고, 깊게 사유하는 습관이 자라났다. 책도 손에서 놓지 않고 계속 틈틈이 읽게 되었다. 글 잘 쓰는 법의 정석과 같은 3요소, 곧 '다독多讀, 다작多作, 다상량多商量'은 아무래도 '다작, 다독, 다상량'의 순서인 모양이었다. 책을 읽지 않던 사람도 자신의 글을 쓰다 보면 타인의 글이 궁금해진다. 질문과 생각이 끝없이 이어지고 어떻게든 이를 글에 담아보려 노력하게 된다.

요즘 쓰기 열풍이 불면서 읽는 사람은 별로 없고 쓰는 사람만 많다는 볼멘소리가 나온다. 하지만 이는 기우다. 쓰면 읽게 된다. 그게 꼭 책이 아니더라도 스마트폰으로 연결된 우리는 언제 어디서나 글을 읽을 수 있다. 쓰다 보면 글을 보는 시선이 달라진다. 남들은 어떤 표현을 썼는지, 어떤 이야기를 하고 있는지 더 자세히 들여다보게 된다.

단단함 그리고 유연함

글을 쓰는 건 나를 사랑하고 나라는 토양을 다지는 것과 같다. 쓰는 만큼 내면은 단단해진다. 읽고 생각하는 건 그 단단한 마음에 유연성을 더하는 것과 같다. 단단하기만 하면 쉽게 부러진다. 자신을 이해하기 위해 쓰는 글이 자신'만' 이해하는 행위가 되어서는 안 된다. 그래서 쓰는 것과 동시에 읽고 사유해야한다.

읽는 건 타인의 말에 귀 기울이는 것이다. 생각하는 건 그것을 자신의 것으로 소화하는 과정이다. 타인의 말에 귀 기울일수록 단단한 내 생각도 언제든 변화할 수 있는 유연함을 갖추게 된다. 읽기만 하고 생각이라는 소화 과정을 생략하면 내 생각과 타인의 생각을 구분하지 못한다. 타인의 생각이 내 것이라 착각하게 된다. 내가 생각하고 정의해야만 오롯한 내 것이 될 수 있다.

읽기만 하고 생각하지 않거나 읽지는 않고 생각만 하면 균형은 무너진다. 자신을 단단하게 빚는 동시에 그럼에도 언제든 변화할 수 있는 여지를 주는 게 바로 쓰고 읽고 생각하는 일련의 과정이다. 유연함과 단단함은 함께 지녀야 한다. 단단한 동시에 유연하면 쉽게 부러지지 않는다. 휘청거리더라도 금세 다시 일어설 수 있다. 한쪽으로 치우치면 바로 서기가 어렵다. 그렇기에 쓰고, 읽고, 생각하는 건 하나의 사이클처럼 돌아가야 한다.

나는 이제껏 글쓰기만큼 가성비 대비 훌륭한 일을 본 적이 없다. 종이와 펜만 있으면 혹은 스마트폰이나 컴퓨터만 있으면 누구나 글을 쓸 수 있다. 요즘은 무언가를 배우거나 즐기려면 일단 지갑부터 열어야 할 때가 많다. 캠핑을 하려면 캠핑 장비를 사야 하고, 산을 타려면 등산복, 등산화, 폴대부터 장만해야 한다. 글을 쓸 때는 구비해야 할 게 별로 없다. 종이와 펜 혹은 컴퓨터나 스마트폰만 있으면 된다. 마음만 먹으면 지금 당장이라도 시작할 수 있는 게 글인 것.

마사지가 타인의 손을 빌려 몸의 근육을 푸는 것이라면, 요가나 스트레칭은 스스로 자신의 몸을 이완하는 일이다. 상담소가 타인의 힘으로 마음을 푸는 것이라면, 글쓰기는 스스로의 힘으로 마음을 이완하는 일이라고 볼 수 있다. 글쓰기를 습관으로 만들면 외롭지 않다. 우울감에서도 빨리 벗어날 수 있다. 건강한 마음을 유지하며 살아가는 가장 저렴한 비법이 바로 글쓰기다.

글쓰기의 효능을 아시나요?

나는 쓰지 않으면 죽을 것만 같은 간절함과 더는 늦으면 안 된다는 절실함으로 글쓰기를 시작했다. 비장했던 초심은 어느 순간 쓰는 것 그 자체의 즐거움으로 치환되었다. 이전의 나는 꾸준히 한 가지 일을 오래 하지 못하는 사람이었다. 매너리즘에 쉽게 빠지고 마음에서 우러나지 않으면 일을 그만두기 일쑤였다.

글만큼은 달랐다. 글은 아무리 써도 도무지 매너리즘에 빠지지 않는다. 글은 써도 써도 또 할 이야기가 있고, 문장은 다듬고 다듬어도 또 다듬을 게 나온다. 새로운 단어를 알아가고, 새로운 글에 도전할수록 내가 아는 세상과 내가 표현할 수 있는 세상이 넓어지는 것을 느낀다. 동시에 내가 알아가고 싶은 세상과 내가 표현할 수 없는 세상 또한 얼마나 넓은지 체감한다. 글이 범접할 수 없는 것은 아니지만, 결코 쉽게 정복할 수 있는 대상도 아니라는 점은 나를 자꾸 글 앞에 서게 한다.

글 세상을 알면 알수록 이 세상을 나 혼자 알아서는 안 된다는 마음이 커졌다. 글쓰기의 효능을 더 널리 알리고 싶었다. 글쓰기 모임을 만든 건 바로 그 때문이었다. 당장 나와 가까이에 있는 사람들부터 함께 썼으면 했다.

함께 글을 쓰던 어느 날, 한 멤버가 내게 말했다. "친구가 그러는데 제가 예전보다 단단해졌대요. 제가 보기에도 스스로가 많이 단단해진 것 같아요. 이게 다 글 덕분이에요." 그 멤버의 말은 오랫동안 내 귓가에 메아리쳤다. 기적 같은 순간이었다.

더 많은 사람이 글을 썼으면 좋겠다. 맞춤법이나 띄어쓰기 같은 것에 얽매이지 말고, 잘 써야 한다는 압박감도 내려놓고, 그저 마음이 하는 말을 글로 옮겨보았으면 좋겠다. 하소연도 하고, 욕도 하고, 넋두리도 하다 보면 어느새 마음이 편안해진다.

하얀 종이와 친구가 된다.

　이곳에 털어놓지 못할 이야기는 없다. 무엇이든 말해도 되는 친구를 갖는 것만큼 든든한 일이 있을까. 용기만 한 스푼 더 하면 된다. 그러고 나서 무엇이든 일단 써보기. '잘' 쓰는 게 아니라 '그냥' 쓰기. 기적은 거기에서 시작한다.

비우는 동시에
다시 채우는 시간

　　우리는 모두 누군가의 딸이나 아들이다. 아내나 남편일 수도 있고, 자녀가 있어 엄마나 아빠의 역할까지 하고 있을지도 모른다. 일을 하고 있거나 대외활동을 한다면 사회적 역할까지 지니고 있을 것이다. 나 역시 그렇다. 딸이자 며느리이며, 아내이자 엄마다. 그 밖에 맡고 있는 자잘한 역할까지 합한다면 족히 열 가지는 되지 않을까. 역할이 많을수록 순수하게 자신만을 위한 시간을 내기가 참 어렵다. 일상은 의무로 촘촘하다. 아침에 눈을 뜰 때부터 잠자리에 들 때까지 빼곡하게 가득 찬 내 역할들. 그런 일상에 틈을 내어 글을 쓰기 시작했으니 때로 내가 꽤 독해 보인다. 이런데도 글을 쓴다니, 글을 쓰는 게 가능하다니. 폭풍같이 몰아치듯 일을 해치워야 하는 시간을 감내하면서 나는 왜 글을 쓰는 걸까.

수많은 역할은 나를 규정하지만, 진짜 나는 아니다. 이름 석 자로 끝나는, 아무런 수식어가 필요 없는, 그저 나로 설 수 있는 유일한 시간이 내게는 글을 쓰는 시간이다. 글을 쓴다는 건 몰입한다는 말이다. 짧게라도 당장 글을 써보라 하면 아무리 많은 사람이 있다 할지라도 순간 집중하는 놀라운 모습을 보인다. 몰입하지 않고 글을 쓸 수는 없기 때문이다. 잠시라도 집중해서 내 이야기를 쓰고 나면 오늘도 나를 위한 시간을 보낸 것 같아 뿌듯한 마음이 든다. 바쁜 삶에 역할 하나를 더 얹은 것 같지만, 그게 짐이 되기보다 삶의 에너지로 느껴진다. 온전한 내가 되어 나만의 글을 쓰며 비우고, 내 안에서 생성된 에너지로 다시 나를 채우는 시간이 내게는 글을 쓰는 시간인 것.

자서전 쓰기에 도전한 지인이 있다. 지인은 글을 보여주며 사실 이 글을 쓰던 당시 해야 하는 일이 너무 많아 일상이 무척 버거웠다고 한다. 해야 할 일을 다 해내고 늦은 밤이 되어서야 간신히 자신의 글을 쓸 수 있었다는 것. 그렇게 몇 주를 보냈다는 말에 너무 힘들었겠다고 위로를 건넸다. 지인은 그런 내게 뜻밖의 대답을 전했다.

"지금 생각해보면 글이라도 써서 그 시간을 버틸 수 있었던 것 같아."

무슨 말인지 알 것 같아 눈시울이 붉거졌다. 쓴다는 건 쏟아내는 일이기도 하지만 나를 다시 채우는 일이기도 하다. 촘촘한 일상 속에 잠시라도 시간을 내어 끼적이고 나면 후련해진다. 마음이 평온해진다. 나는 이걸 두고 글의 마법이라 부른다. 사람을 만나면 보통 일방적으로 에너지를 빼앗기거나 에너지를 채우게 된다. 반면 빼앗기는 동시에 채우는 관계일 때도 있다. 대화가 잘 통해 서로의 생각을 주거니 받거니 하다 보면, 몇 시간을 떠들어도 에너지가 닳기보다 비움과 채움이 동시에 일어나고 있는 느낌을 받는 것이다. 이런 지인이 있다면 절대 놓치지 말아야 한다. 내게도 그런 친구가 있는데, 통화를 하다 보면 금세 몇 시간이 흘러 있다. 만나면 1박 2일도 쉬지 않고 대화를 나눈다.

누구에게나 숨구멍이 필요하다. 마음 편히 숨 쉴 수 있는, 모든 의무와 역할을 내려놓고 그저 자연 상태 그대로의 나로 존재할 수 있는 한 조각의 순간이 있어야 세상이 조금 살 만해진다. 일 속에서 그런 시간을 찾을 수 있다면 최고겠지만, 아무리 꿈이었던 일이라 해도 일상의 영역이 되면 버거워지고 지겨워지기 마련이다. 여러 사람과의 관계에서 오는 스트레스도 만만치 않다. 일에서 그런 시간을 찾는다는 건 꿈만 같은 일인 것. 그러니 다른 곳으로 눈을 돌리게 된다. 운동을 할 수도 있고, 취미생활을 즐길 수도 있다. 일과 삶의 균형, 곧 워라밸을 강조하는 시대가 찾아온 건 숨통이 트일 만한 시간이 누구에게나 필요하다는 확증이 아닐까.

어린 자녀가 있는 부모들은 이런 시간을 갖기가 참 어렵다. 현실적으로도 힘들지만 주위 시선도 따갑다. 돌봄 노동자가 자신만의 시간을 보내는 것을 탐탁지 않게 보는 사람이 여전히 많기 때문이다. 돈 문제로 이런 숨구멍을 내지 못하는 경우도 있다. 무언가를 시도하려면 돈과 용기 그리고 시간의 문제가 늘 따라오는데, 자신에게 사치라 여기는 것이다. 하지만 이런 시간을 확보하지 못하면 일상을 유지하는 게 버겁다. 일상이 모두 의무로만 가득하니, 에너지를 채우지는 못하고 비우기만 하는 것. 이 상황에서는 번아웃이 너무 자주 찾아온다. 일상이 쉽게 무너질 염려가 있는 것이다.

글쓰기는 홀로 하는 일이며, 나에게만 집중하는 행위다. 하얀 백지는 모두에게 평등하다. 채우려면 한 글자, 한 글자 적어 내려가는 수밖에 없다. 갑자기 한 페이지를 건너뛸 수도 없고, 요령을 피울 수도 없다. 뚜벅뚜벅 쓰는 것만이 답이다. 그 느린 행위가, 가다서다를 반복해야 하는 그 행위가 나를 생각하는 사람으로 서게 한다. 나 자신에게만 집중하게 한다. 글을 쓰는 순간 주위 모든 것들은 사라지고, 종이와 나 둘만 존재하는 시공간으로 건너가게 된다. 그 속에서 나는 나를 찾고, 나를 위안하며, 나를 위해 숨 쉴 수 있는 틈을 낸다.

글은 내게 업이기도 하지만 숨구멍이기도 하다. 마음 편히 숨 쉴 수 있는, 모든 의무와 역할을 내려놓고 그저 자연 상태 그대로의 나로 존재할 수 있는 거의 유일한 순간이 내게는 글 쓰는 시간인 것. 그 시간을 통해 나는 나를 비우는 동시에 충전한다. 웬만하면 혼자 있는 시간에 글을 쓰려 하지만, 이따금 아이들과 함께 있는 시간에 글을 쓰기도 한다. 잘 안 풀리던 글이 하필 그때 풀리거나, 무언가가 떠올라 기록을 해야 할 때, 마감이 급한 글을 붙들고 있을 때가 그렇다. 그때 아이들이 말을 걸어오면 글을 써야 한다며 양해를 구한다. 처음에는 이렇게 말하는 게 미안했다. 아이들이 엄마의 우선순위에서 자신들이 밀려났다는 생각에 속상해할까 겁이 나기도 했다.

마음을 달리 먹었다. 아이들은 자연스레 엄마에게 글이 중요하다는 걸 배우며 자랄 것이다. 엄마에게도 엄마의 삶이 있다는 걸 알아갈 것이다. 엄마로, 동시에 쓰는 사람으로 살면서 죄책감은 느끼고 싶지 않다. 아이들과 나의 삶은 다르다. 아이들은 내게서 나왔지만 나와는 다른 존재다. 그들만의 삶을 살아갈 것이다. 내가 나로서 잘 사는 건 결국 아이들을 위한 길이라고 믿는다. 내가 당당히 내 길을 가야, 내가 내 삶에 만족하고 열심히 살아야 아이들도 뒤돌아보지 않고 자신의 길로 걸어갈 수 있다. 내 길을 찾지 못하면 아이들에게 몸과 마음을 의존하는 삶을 살게 될지도 모른다. 아이들이 독립할 때 발걸음이 차마 떨어지지 않는다며 흘끔흘끔 뒤돌아보지 않았으면 한다. 내가 없어도 엄마는 알아서 잘 살 사람이라며 홀가분하게 자신의 삶으로 걸어갔으면 좋겠다.

척박한 환경 속에서 글을 쓰는 사람들이 있다. 감옥에서, 병상에서, 전쟁통에서 글을 쓰는 이들. 쓰는 데에는 많은 준비물이 필요치 않다는 게, 어떤 상황에 있더라도 글만은 쓸 수 있다는 게 큰 위로가 된다. 아무리 바쁘고 일상이 고달프다 해도 한 조각의 시간은 누구나 낼 수 있지 않을까. 잠자리에 들기 전 잠깐일 수도 있고, 스마트폰을 들여다보던 시간을 잘라내 쓸 수도 있을 것이다. 글을 쓸 시간을 내는 건 시간의 문제라기보다 마음의 문제다. 마음이 있으면 어떻게든 시간을 내기 마련이다. 나를 위한, 나만을 위한, 나로 설 수 있는, 그저 나이기만 하면 되는 시간. 그런 시간 한 조각쯤 일상에 끼워넣을 수 있었으면 좋겠다. 그렇게 확보한 시간 속에서 진짜 나를 마주하기를, 깊은숨을 들이마시며 다시 살아갈 에너지를 가득 채워넣고 다시 일상으로 뚜벅뚜벅 걸어가기를 바란다.

내 글을 사랑하고,
나를 사랑하고

읽히기 위해 쓰이는 게 글

내게 글은 오랜 시간 말이었다. 어쩌다 보니 초중고 내내 교내 방송부 활동을 했는데, 점심시간 방송을 위해 매주 멘트를 적어야 했다. 글이라는 걸 쓸 줄도 모르고, 방송 언어가 뭔지도 모르는 사람이 매주 글을 써야 했다. 결국 입으로 읽히기 위한 글이었기에 방송 멘트는 내게 말도 글도 아닌 그 중간 어디쯤의 언어였다. 라디오에서 들은 명언이나 책에서 읽은 좋은 글귀를 활용하거나, 날씨와 일상에 대한 흔한 이야기들을 주로 담았다.

말을 위한 글이었으므로 내용은 없어도 최소한 자연스러워야 했다. 읽어 내려가다 턱턱 걸리면 낭패였다. 쓰고 읽고 또 쓰고 읽어보는 게 일이었다. 그때는 내가 쓴 게 글이라고 생각하지 않았다. 혼자 글이라고 끼적이기 시작한 건 그로부터 몇 년 뒤였다. 그때 글을 쓰는 게 크게 어렵다 생각하지 않았던 건 내게 오랜 시간 글은 곧 말이었기 때문이다. 읽히기 위해 쓰이는 게 글이라고 단순하게 생각했다. 당시에는 작가가 될 마음도, 잘 써야겠다는 욕심도 없었으니, 그저 나를 표현하기 위한 수단 중 하나로 글을 이용했다.

지금 생각해보면 운이 좋았던 것 같다. 진입 장벽이 없었으니까. 글을 꼭 배워야 쓸 수 있다는 생각조차 내게는 없었다. 문예창작과를 지원하는 친구를 보고서야 글을 배우는 학과가 있다는 사실을 인지할 정도로 나는 글에 무지했다. 오랜 시간 방송부 활동을 한 건 말하는 사람이 되고 싶어서였는데, 지나고 보니 남은 건 말이 아니라 글이었다. 이럴 땐 오래 살고 볼 일이라는 말이 절로 나온다.

글은 흘러가는 물이어야 한다

글을 처음 쓰는 사람은 백지 앞에서 곧잘 얼어붙는다. 말을 해보라고 하면 술술 뱉지만, 그걸 쓰라고 하면 대체 어디서부터 시작해야 하냐며 난감해한다. 그때 가장 먼저 건네는 말은 말하듯 쓰라는 것이다. 떠오르는 생각을 입으로 내뱉는 대신 활자화하면 글이 된다. 하지만 이를 믿는 사람은 별로 없다. 말과 글의 언어가 다르다는 듯 잔뜩 긴장을 한 채 한 문장도 쓰지 못하고 주저앉는다.

잘 쓴 글은 읽는 사람도 편하다. 난해한 용어가 없고 중언부언하지 않으며, 입에 착착 감기는 맛이 있다. 글은 흐름이다. 내용의 기승전결만이 아니라 언어의 리듬감도 유수 같은 흐름을 만들어낸다. 여기서 중요한 건 말해보는 것이다. 글을 직접 읽어보는 것. 그러면 안다. 무엇이 걸리는지, 어디가 이상한지, 힘이 너무 들어간 곳은 어디인지.

자신의 생각이나 이야기를 잘 전달하는 데 먼저 초점을 맞춰야 한다. 표현이나 스타일은 나중 문제다. 독자는 나를 모른다. 나는 나란 사람을 알고, 내가 살아온 세월을 켜켜이 기억하지만, 독자는 내가 어떤 사람인지, 어떻게 살아왔는지 전혀 알지 못한다. 그러니 친절해야 한다. 글은 글쓴이와 독자와의 대화다. 독자가 잘 이해할 수 있도록, 내 이야기를 무리 없이 읽어 내려갈 수 있도록 배려의 글쓰기를 해야 한다. 처음 만난 사람에게 내 이야기를 찬찬히 풀어놓듯, 그렇게 글을 써야 한다.

그러니 말하듯 쓰라는 조언은 그냥 하는 말이 아니다. 일리 있는 조언이다. 그런데도 처음 쓰는 사람은 자꾸 망설인다. 그럴듯한 첫 문장을 써야 한다는 생각에, 글은 무게가 있어야 한다는 이상한 믿음에 시작은 하지 않고 쩔쩔매기만 한다. 글을 거대한 벽으로 상정해두고 하염없이 바라보기만 한다.

글쟁이들의 선생님이라 불리는 이오덕은《우리 글 바로 쓰기》에서 '글=문학'이라는 생각 때문에 사람들이 글쓰기를 힘들어한다고 지적했다. 어려운 말을 많이 쓰는 세태에 대해서도 강하게 비판한 바 있다.

될 수 있는 대로 민중들이 잘 안 쓰는 말을 써서 유식함을 자랑하고 싶어 하거나, 적어도 너무 쉬운 말을 써서는 자기가 무식하게 보일 것을 염려하는 것이 글쟁이들에게 두루 퍼져 있는 버릇이다.

자신의 글을
있는 그대로 사랑하자

처음부터 잘 쓰는 사람이 있을까. 아무리 글에 재능이 있는 사람이라 할지라도 첫 글부터 잘 썼을 리 없다. 인정받는 작가라 해서 사랑받는 글들을 갑자기 뚝딱 적어냈을까. 좀 서툴더라도, 좀 부끄럽더라도 그냥 써보는 것만큼 중요한 건 없다. 글은 대단한 게 아니지만, 쉽게 정복할 수 있는 대상도 아니다. 글이 매력적인 건 누구나 쉽게 시작할 수 있지만, 누구라도 완전한 글을 쓰기는 어렵기 때문이다.

글을 잘 쓴다는 작가도 자신이 쓴 초고는 쓰레기라고 말하곤 한다. 쓰고, 다듬고, 피드백을 받아 또 바꾸는 게 글이다. 작가들도 이런데 처음 쓰는 사람이 완벽한 글을 쓸 리 없다. 중요한 건 자신이 써낸 어떤 글이라도 온전히 사랑하는 것이다. 나를 사랑하듯 자신이 쓴 글을 오롯이 사랑해야 한다. 부족하면 부족한 대로, 괜찮으면 괜찮은 대로. 사랑만이 글을 온전하게 한다. 사랑만이 삶을 그나마 살 만하게 하듯이.

글쓰기 모임을 열면서 가장 먼저 멤버들에게 강조한 건 내 글과 타인의 글을 비교하지 말라는 것이었다. 공개적으로 글을 쓰기 시작하면 자신도 모르게 남의 글을 흘끔거리게 된다. 남의 글이 더 나아 보이면 쓰기를 주저한다. 비교하고 순위를 가르기 위해 글을 쓰는 게 아니다. 글을 쓸 때 목표로 해야 할 건 어제보다 나은 글이지, 타인의 글이 아니다. 경쟁은 모든 곳에 필요한 게 아니다. 경쟁하려는 마음만 내려놔도, 너무 잘하려는 마음만 내려놔도 글쓰기는 훨씬 수월해진다.

삶도 그렇지만 글도 결국 자기 글에 얼마나 애정을 갖느냐가 중요하다. 내 글을 사랑하는 건 나를 사랑하는 일과 맞닿아 있다. 나를 사랑할 줄 아는 사람이 거침없이 글도 쓴다. 사랑할 줄 모른다 해도 기죽을 필요는 없다. 쓰는 삶은 나를 사랑하는 삶으로 나아가는 지름길이기도 하기에. 결국 쓰고 또 쓰면 더 나를 사랑하게 된다. 알면 사랑하는 마음이 커지기 때문이다. 생판 모르는 남도 사연을 들으면 감정이 생긴다. 쉽게 미워하지 않게 된다. 자신에 대해서도 마찬가지다. 글을 쓴다는 건 결국 나를 들여다보는 일이기에 쓰면 쓸수록, 나를 알면 알수록 나를 사랑하게 되는 것.

자존감을 높이는 지름길, 글쓰기

자존감이 턱없이 낮은 나는 한때 대인기피증에 시달렸다. 살이 갑자기 많이 쪘을 때도 그랬고, 제주로 이주한 뒤 상처를 받았을 때도 그랬다. 새로운 곳에서 잘 살아보고 싶은 마음이 컸기에 상처는 더 크고 깊었다. 아이를 키우며 나는 집으로 숨어들었다. 차라리 잘 됐다 싶었다. 사람을 만나지 않고 사는 게 오히려 마음이 편했다. 숨어 살아도 괜찮다고 생각했고, 영원히 이렇게 살 수 있다고 여겼다.

아이를 어느 정도 키우고 나니 내가 원하지 않아도 나는 사회로 다시 나가야 했다. 아이가 자꾸 내 손을 잡아끌었다. 세상 밖으로 나가자고, 바깥세상이 궁금하다고. 첫째가 기관을 다니기 시작하면서 알았다. 아이만이 아니라 나 역시 다시 사회로 나왔다는 걸. 쓰나미처럼 세상이 내게로 다시 밀려오는 것만 같았다. 두려움에 몸서리를 쳤다.

내가 사람 만나기를 무서워한 건 사람이 싫어서는 아니었다. 오히려 사람을 너무 좋아하지만 관계 속에서 어쩔 수 없이 생기는 불협화음을 견디는 게 어려웠다. 사람들이 무심코 내뱉는 말 한마디 한마디에 쉽게 상처를 받다 보니, 관계를 넓히는 게 도무지 엄두가 나지 않았다.

마침 그 무렵부터 다시 글을 쓰기 시작했다. 사람을 대면할 용기는 없었지만, 글로라도 만나고 싶은 마음은 컸던 것 같다. 처음에는 그저 매일 쓰는 것에 집중하다가, 습관이 잡힌 뒤에는 글 하나하나에 정성을 다했다. 누가 보든, 보지 않든 내 글은 하나의 작품이라는 생각으로 쓰고 다듬었다. 정성을 다할수록 내 글을 사랑하는 마음이 커졌다. 내 글을 사랑하자 나를 사랑하는 마음 또한 자라났다. 나를 사랑하는 마음이 자라나자 세상 밖으로 나갈 용기가 조금씩 생겼다. 글쓰기 모임을 꾸리고 아이 학교에서 봉사활동을 시작했다. 이전 같으면 꿈도 꾸지 못할 일이었다. 늘 의기소침했던 내가 얼마 전에는 자존감이 원래 높은 사람인 줄 알았다는 말을 들었다. 그 말을 듣고 한동안 생각이 많아졌다. 나는 자존감보다 자존심이 높은 사람이었으니까. 정말 자존감이 높아졌다면 쓰기의 힘이고, 생각의 힘일 것이다. 내 글을 사랑하는 마음이 결국 나를 사랑하는 마음으로 이어진 것이다.

영원히 방 안에 처박혀 있을 사람은 없다. 사람은 결국 관계 속에서 살아간다. 관계를 피할 방법은 없다. 단단하면서도 유연한 멘탈을 장착하면 아무리 싫은 소리가 들려도 내가 가고자 하는 길로 곧게 나아갈 수 있다. 이제는 귀 기울여야 할 소리와 적당히 걸러야 할 소리를 구분할 수 있게 되었다. 여전히 종종 실수하고 만남 뒤에 이불킥을 하기도 하지만, 흔들림의 간격이나 세기는 많이 줄었다. 흔들리더라도 다시 중심을 잡을 수 있다는 스스로에 대한 믿음이 자라났다. 회복 탄력성이 좋아진 것이다.

글쓰기보다 더 빨리 자존감을 회복하는 방법을 나는 아직 찾지 못했다. 나를 알고 나를 보듬는 일, 나 자신만이 할 수 있고 평생 꼭 해야 하는 일이 바로 나를 사랑하는 일이 아닐까. 쓰는 일은 마음속에서만 하던 그 일을 눈에 보이게 드러내는 일이다. 스스로를 사랑하는 마음은 글로 표현하고 눈으로 읽으며 내 안에 더 깊이 새겨진다. 그 과정에서 열등감은 줄어들고, 자존감은 높아진다. 자존감이 높아질수록 나는 세상 풍파에 덜 흔들린다. 단단하지만 유연해 부러지지 않는 내가 된다. 그러니 글을 안 쓸 도리가 없다.

글은 지식이 아니라
삶으로 쓰는 것

글을 쓰려면 꼭 지식이 많아야 할까. 처음 글쓰기 모임을 꾸릴 때 친한 몇몇 지인에게 함께하자는 말을 건넸다. 이름난 작가가 아니니 공개적으로 사람을 구하기가 쉽지 않을 거라 생각해 택한 길이었다. 왕년에 일기 좀 썼다며 기다렸다는 듯 나서는 사람도 있었지만, 망설이는 사람이 대다수였다. 나서지 못하는 사람들 중 한 명이 내게 한 말은 이것이었다.

"나는 아는 게 별로 없어서."

많은 사람이 글은 지식이 많아야 쓸 수 있다고 생각한다. 사실 나도 오랜 시간 그렇게 믿어왔다. 미디어에서 만나는 작가들은 하나같이 모두 박학다식한 모습이었다. 그런 모습을 접할수록 작가라는 세계가 범접할 수 없는 영역처럼 느껴졌다. 입만 열면 쏟아지는 온갖 지식을 보면서 이번 생에 작가 되기는 글렀구나 하는 마음이 앞섰다.

그런데도 쓰고 싶었다. 쓰고자 하는 욕구가 가라앉지 않았다. 아는 건 많지 않지만 내가 살아온 삶은 나름의 글감으로 빼곡했다. 굴곡진 시간마다 하고 싶은 이야기가 한가득이었다. 이런 나도 쓸 수 있지 않을까, 이런 내 이야기도 가치가 있지 않을까 싶었다. 지식이나 지혜는 책을 통해서만 얻는 게 아니라 삶 그 자체로도 얻을 수 있으니, 인간은 그 무엇보다 경험으로 가장 많은 걸 배우니 진심과 진솔함만으로도 글은 쓸 수 있는 게 아닐까…. 그렇게 나는 내가 살아온 삶을 믿고 글을 써나갔다.

누구나 쓸 수 있는 글, 에세이

지식이 많은 건 분명 글을 쓰는 데 큰 도움이 된다. 더 넓고 깊은 생각을 글에 담을 수 있을 테니까. 읽기가 익숙한 사람이면 쓰기에도 더 쉽게 접근할지 모른다. 지식은 글쓰기에 물론 도움이 되지만 모든 글에 풍부한 지식이 필요한 건 아니다. 인문·사회과학 분야의 글을 쓴다면 당연히 관련 지식이 필요하겠지만, 에세이 같은 생활 글은 지식이 꼭 있어야 쓸 수 있는 건 아니다. 살아온 삶이면 충분하다.

지식이 많은 사람일수록 글을 잘 쓴다는 생각은 선입견이다. 아무리 지식이 많아도 그걸 글에 잘 녹여낼 수 있는 사람은 그리 많지 않다. 어려운 업계 용어를 마구 남용해 독자들이 쉽게 이해하지 못하는 경우도 있고, 머릿속에 있는 생각을 글로 잘 표현하지 못하는 사람도 상당수다. 지루하게 지식만 나열하고 통찰은 없어 읽는 독자를 지치게 만들기도 한다. 우리나라는 학교에서 글쓰기 교육이 제대로 이뤄지지 않다 보니, 학벌과 글쓰기 능력이 비례하지 않는 경우가 많은 것.

글쓰기는 운동과 같아서 근육을 단련하듯 지속적으로 해야 어느 정도 일정한 수준을 유지할 수 있다. 아무리 쓰고 또 써도 며칠 쉬면 쓰기가 어려운 게 글이다. 지식의 유무를 떠나 성실해야 쓸 수 있는 게 글인 것이다. 글은 결국 독자와의 대화이기에 친절하게 독자를 배려하는 글일수록 읽기에 수월하다. 지식이 많다며 우쭐대는 글을 쓴다면 독자에게 외면받을 수밖에 없다. 자신의 지식을 대중과 소통할 수 있는 쉬운 언어로 바꾸려고 부단히 노력하는 지식인들이 그래서 참 귀하다.

나는 과학에 관심이 많아 과학 교양서를 자주 읽는다. 과학이라고는 고등학교 졸업 이후 거들떠보지도 않았는데, 내 안에서 나온 아이가 과학을 무척 좋아한다는 걸 알고는 아이와 더 많은 대화를 나누고 싶어 과학책을 하나둘 읽기 시작했다. 감히 가까이 다가갈 수 없을 것만 같았던 과학이었지만, 과학 커뮤니케이터들이 쓴 책은 도전해볼 만했다. 과학 에세이에서 시작해 지식이 들어간 교양서까지 천천히 읽어가다 보니, 점점 과학이 좋아졌다. 다시 태어나면 과학을 전공하고 싶을 만큼 애정이 생겼다. 동시에 이런 글을 써준 과학자와 과학 전문작가들에게 감사하는 마음이 절로 우러났다. 그들이 배려하는 글쓰기를 하지 않았다면 나 같은 일반인이 과학에 관심을 가질 수 있었을까.

글의 종류는 무척 다양하다. 기사, 에세이, 소설, 시, 서평, 인터뷰, 사보나 잡지에 실리는 글, 인터넷 플랫폼에 올라오는 글 등. 글의 스펙트럼은 의외로 정말 넓고 방대하다. 에세이만 해도 감성 에세이, 일상 에세이, 육아 에세이, 직종별 에세이 등 다채롭다. 기사의 경우도 단신, 르포, 인터뷰 등 같은 기사감이라도 다양한 변주가 가능하다. 내가 쓸 수 있는 글이 무엇인지 써보기 전에는 알 수 없다. 당신과 내가 다르듯, 쓰는 글의 내용과 종류가 다른 건 당연지사. 기사를 잘 쓴다고 에세이도 잘 쓰는 건 아니다. 소설을 잘 쓰는 사람이 칼럼을 잘 쓰는 것도 아니다. 각각의 장르에 대한 존중과 학습 없이 모든 글을 잘 쓸 수는 없다.

지금까지 내가 쓴 대부분의 글은 에세이다. 혼자서 처음 끼적이기 시작했을 때도 형식이 에세이였다. 에세이가 뭔지도 모르면서 나를 가장 잘 표현할 수 있는 글인 것 같아 꾸준히 썼다. 어쩌다 보니 수백 편의 에세이를 썼는데, 쓰다 보니 알게 된 건 에세이는 누구나 쓸 수 있는 글이라는 점이다. 잘 쓰고 못 쓰고를 떠나 누구나 지금 당장 붓 가는 대로 쓸 수 있는 글이 수필隨

筆, 곧 에세이인 것(엄밀히 따지면 수필과 에세이의 차이가 있지만, 이 글에서는 불필요해 설명을 생략한다).

'에세이essay'는 프랑스어 'essayer'에서 유래했다. 'essayer'의 뜻은 '시도하다' '해보다'이다. 프랑스 철학자 미셸 드 몽테뉴는 자신의 철학이 담긴 글을 쓰고 이를 'essais'라 불렀다. 나중에 프랜시스 베이컨이 영국에서 자기 글을 출판하면서 'essay'라고 이름 붙여 더 널리 쓰이게 됐다. 어원에 담긴 뜻처럼 에세이는 '시도해보는 것'이다. 그냥 해보는 것에는 큰 힘이 들어가지 않아도 된다. 그때그때 떠오르는 느낌이나 생각을 흐름대로 적는 게 에세이다. 대단한 결의를 다지거나 대대적인 준비 과정을 거칠 필요가 없다.

에세이를 쓸 수 있는 사람에는 경계가 없다. 나이, 성별, 직업, 지역, 학벌과 상관없이 누구나 쓸 수 있다. 에세이는 지식이 아니라 삶으로 쓰는 글이기 때문이다. 열 살짜리 아이도, 칠순의 어른도, 처음 글을 쓰는 사람도 에세이는 당장 시작할 수 있다. 최근 있었던 기억 나는 일을 소재로 삼을 수도 있고, 오래전 과거의 일을 끄집어내 쓸 수도 있다. 그래서 처음 글을 쓰는 사람에게 가장 먼저 에세이를 권하곤 한다. 어떤 지식도, 경험도, 학습도 없이 편하게 쓸 수 있는 글이 바로 에세이니까.

같은 에세이라 해도 쓰는 사람에 따라 향기는 사뭇 다르다. 온라인과 오프라인에서 진행한 글쓰기 모임은 모두 에세이 쓰기 모임이었다. 같은 글감으로 글을 써도 나오는 글은 천차만별이다. 글감은 사람이라는 프리즘을 통과하며 저마다 다른 색깔의 빛을 낸다. 이렇게 다양한 글이 탄생하는 건 각자 살아온 삶이 다르기 때문이다. 비슷한 사건이어도 겪은 사람이, 자라온 환경이 제각각이기 때문이다.

서사가 없는 인생은 없다

온라인에서 글쓰기 모임을 진행했을 때는 이십 대부터 육십 대까지 정말 다양한 분들이 참여했다. 어르신들은 우스갯소리로 "내 인생을 글로 쓰면 책 몇 권은 나올 거야"라는 말을 하신다.

이 말은 틀린 말이 아니었다. 참여하는 멤버들 중에 나이가 많은 사람일수록 글감이 차고 넘쳤다. 살아온 인생이 긴 만큼 경험도 많았던 것. 누르면 나오는 자판기처럼 매번 새롭게 쏟아지는 이야기들을 읽으면서 감탄이 절로 나왔다.

변화가 워낙 빠른 세상이다 보니, 몇십 년 전 이야기를 읽을 때면 타임머신을 타고 시간여행을 하는 듯했다. 시절을 복원하는 것만으로도 가치 있는 글이 탄생했다. 한번은 '자유'라는 글감으로 에세이를 쓴 적이 있는데, 거대 담론 같은 글감에 다들 힘겨워했다. 그때 한 멤버가 한국전쟁 때 월남한 아버지의 숨겨진 아픔을 글로 썼다. 그 글을 읽고 누군가에게 '자유'는 너무나 절실한 무엇이었음을, 아무리 세월이 흐른다 해도 결코 잊어서는 안 되는 갑남을녀의 이야기가 있음을 절절히 깨달았다.

한 시절의 풍경과 사람과 삶이 고스란히 담긴 글들을 읽으면서 누구의 삶이라도 쓰일 가치가 있다는 확신은 더 커져갔다. 개인의 이야기는 그저 하나의 이야기가 아니었다. 한 사람의 이야기인 동시에 한 세대의 이야기이고, 한 시절의 이야기이기도 했다. 웬만한 소설 뺨치는 내용의 글들을 읽으면서 멤버들의 글이 더 널리 읽히기를 간절히 바랐다. 더 많은 사람이 기꺼이 자신의 삶을 글로 옮기기를 소망했다.

어느 인생이라도 쓰일 가치가 있다. 서사가 없는 인생은 없다. 일반인을 대상으로 진행했던 〈김제동의 톡투유〉나 길을 가다 만난 사람과 대화하던 〈유 퀴즈 온 더 블록〉 같은 TV 프로그램이 가능했던 건 바로 이 때문이다. 누구에게나 이야기가 있다. 뇌과학적으로도 인간은 다른 사람을 이야기로 기억한다고 한다. 지난번 함께 술을 마셨던 누구, 어디에서 무슨 일을 하며 어떻게 살아가는 누구 등. 그러니 어떤 인생이라도 쓸 거리가 있는 것.

실제 가장 많이 출판되고 있는 책도 에세이다. 최근 몇 년간 에세이 시장이 더 뜨거웠던 건 여러 직종의 사람들이 자신만의 글을 썼기 때문이다. 《죽은 자의 집 청소》《저 청소일 하는데요?》《셔터를 올리며》 같은 많은 사랑을 받은 에세이에는 그 사람만이 쓸 수 있는 이야기가 담겨 있다. 그 직종 혹은 그 상황에

직접 몸담은 사람만이 느끼고 경험할 수 있는 생생한 이야기들. 이런 이야기가 중요한 건 마이크를 쥐기 힘든 사람들의 진짜 삶이 담겨 있기 때문이다.

세상을 바꿀 필요가 없는 사람들보다 세상을 바꿀 필요가 있는 사람들이 글을 더 많이 써야 한다. 기득권층이나 지식인만이 아니라, 버티고 견디며 하루하루 살아내는 평범한 사람들이 자신의 글을 써야 한다. 그래야 알 수 있다. 그 사람의 아픔과 고뇌를, 기쁨과 희열을. 말하지 않으면, 쓰지 않으면 타인은 모른다. 사랑도 말로 전하지 않으면 상대가 알기 어렵듯, 각자의 사연도 말이나 글로 전하지 않으면 타인은 알지 못한다.

나는 누구나 자신의 글을 쓰는 세상이 도래하기를 바란다. 쓰는 사람은 글을 쓰며 스스로를 치유하고, 독자들은 그 글을 읽으며 다른 이의 삶을 더 깊게 알아갈 수 있으니. 그렇게 밀도 있는 공감을 만들어내는 게 글이니. 깊은 공감은 세상을 바꾸는 동력이 된다. 공감해야 뜻을 모을 수 있고, 뜻을 모아야 비로소 실현할 수 있는 힘이 생긴다. 주저 말고 모두가 각자의 글을 썼으면 좋겠다. 이 세상에는 그냥 묻히기에 아까운 이야기들이 너무나 많다. 당신의 이야기 역시 그렇다.

에세이가 뭐냐고
물으신다면

나는 에세이를 주로 쓰지만 에세이 책을 주로 읽지는 않는다. 에세이 쓰기 모임도 한다더니 이게 웬 배신인가 싶겠지만, 거짓을 말할 수는 없다. 에세이를 자주 읽지는 않지만 원하는 순간 찾아서 읽는다. 무시하기 때문이 아니라 적절한 순간에 읽기 위해 때를 기다린다는 표현이 더 적확할 듯하다. 에세이는 다른 책에 비해 장벽이 없다. 사전 지식이 없어도 누구나 읽을 수 있으며, 소설처럼 등장인물이 많거나 낯선 배경을 바탕으로 하는 경우도 거의 없어서 금세 집중할 수 있다. 순서를 따지지 않고 아무 곳이나 펼쳐서 읽어 내려가도 상관이 없다. 쉽게 읽히고 빨리 읽히니 머리가 무거울 때나 일상의 작은 틈새에 혹은 독서를 쉬고 싶지만 활자는 머리에 넣고 싶을 때 에세이를 꺼내 든다.

한국 사람들이
에세이를 선호하는 이유

출판시장에서 에세이는 가장 잘 팔리는 분야가 된 지 오래다. 대형 서점 에세이 코너에 가면 처음 보는 에세이들이 넘쳐난다. 에세이 전문 작가가 쓴 것도 있지만, 각계각층 인사들이나 평범한 시민이 쓴 책도 많다. 이런 시장이 형성된 데는 나름의 이유가 있어 보인다. 에세이는 독자에게 쉼이 될 수 있는 글이기 때문이다. 내가 에세이를 쉬어갈 때 주로 읽는 것처럼, 삶의 휴식이 필요한 이들이 이 땅에 유독 넘쳐나기에 에세이가 그리 사랑을 받는 게 아닐까.

한국 사람들이 카페를 선호하는 것에 대해 유현준 건축가는 아파트가 보편화되면서 마당이 사라졌기 때문이라고 분석한 적이 있다. 마당처럼 햇살이 내리쬐고 아늑하며 편히 앉아 있을 수 있는 현대인의 공간이 카페가 되었다는 것이다. 일리 있는 주장이었다. 그래서 많은 사람이 더 예쁜 카페를, 더 편한 카페를, 멀리 외곽에 있더라도 풍경 좋은 카페를 찾는 게 아닐까. 현대인에게 카페가 몸의 휴식 공간이라면, 에세이는 마음의 휴식 공간일지도 모른다는 생각이 들었다. 그렇다면 에세이는 왜 마음의 휴식이 되는 걸까.

에세이의 소재는 어느 술집의 안주 이름처럼 '아무거나'다.

당장 이 글을 쓰고 있는 노트북이 될 수도 있고, 내가 덮고 있는 담요가 될 수도 있으며, 먹은 밥이나, 겪은 사소한 일이 에세이의 글감이 될 수도 있다. "시작은 미약하나 끝은 창대하다"라는 말처럼 에세이는 그렇게 작은 것에서 시작해 그 안에서 자신만의 통찰을 발견하고 보편적인 가치를 이끌어내는 방향으로 보통 쓰인다(물론 모든 에세이가 그렇지는 않다). 일상의 작은 관찰과 발견이라는 에세이의 시작은 독자가 글로 들어가는 장벽을 낮춘다. 익숙함은 순식간에 그 세계에 빠져들게 하고, 그 속의 작은 통찰은 깨달음이나 안도를 가져다준다.

에세이가 쉽기만 한 것은 아니다. 우리의 삶 그 자체이기도 하다. 어느 누구의 삶도 가볍기만 할 리 없다. 자신이 살아온 삶에서 글감을 찾는 게 에세이다 보니 한없이 가벼울 수도 있고, 한없이 묵직할 수도 있는 것. 어떤 에세이는 한 인간이 온몸과 마음에 상처를 내며 부딪혀온 지난날을 고스란히 담고 있다. 하나의 글이 그럴 때도 있지만, 한 권의 에세이가 통째로 그런 내용을 담고 있기도 하는데, 후자의 경우 덮고 나면 오랜 여운에 잠긴다. 한 사람의 삶을 읽어냈으니 어쩌면 당연한 일이리라. 최근 읽은 책 중에는 천현우 작가의 《쇳밥일지》와 에린 프렌치의 《더 로스트 키친》이 그랬다.

에세이를 그저 쉼으로 받아들여온 사람이 있고, 에세이를 삶이라 느껴온 사람이 있을 것이다. 누군가는 에세이를 전자로만 인식해 쉬이 쓸 수 있는 글이라 폄하하기도 한다. 하지만 에세이는 사실 그리 쉬운 글이 아니다. 전자의 경우 작은 것에서 하나의 의미를 끌어내는 상상력과 확장력이 필요하다. 후자의 경우 만천하에 솔직한 나를 드러내야 한다. 좋은 글이 되려면 숨김없이, 꾸밈없이, 있는 그대로의 나를 보여야 하는데, 그게 결코 쉬울 리 없다. 내가 누구인지, 내 장점과 단점이 무엇인지 명확히 아는 사람일수록 더 좋은 글을 쓸 가능성이 높은 건 바로 그래서다. 에세이를 꾸준히 쓰는 건 그런 사람이 되는 가장 좋은 방법이기도 해서, 준비되지 않았더라도 겁 없이 계속 써야만 메타인지가 발달하고 더 발전된 글을 쓸 수 있다.

내가 에세이를 쉽이라 여기는 건 시중에 나온 에세이 중 전자의 경우가 더 많기 때문이다. 후자의 경우는 드물다. 쓰기가 쉽지 않아서다. 자신의 아픔을 쓸 수 있다는 건 내 안에서 그 아픔이 모두 소화되었다는 걸 의미한다. 건드려도 더이상 아프지 않은 상태라는 뜻이다. 소화하지 못한 아픔은 글로 쓰더라도 미완성이 되고 만다. 내게도 그런 아픔이 있다. 이따금 꾸역꾸역 써내지만 쓰고 나면 며칠을 앓는다. 아픔과 정면으로 맞설 수 있는 시기가 되고, 마음의 준비가 되었을 때 비로소 진짜를 꺼낼 수 있을 것이다. 그런 에세이는 독자에게 오래 남을 수밖에 없다. 삶을 걸고 썼기 때문이다. 이런 글이 외면받는 경우는 거의 보지 못했다.

그렇다고 해서 전자가 나쁘고 후자가 좋다고 말하려는 건 아니다. 둘은 엄밀히 따져보면 다른 글이다. 같은 에세이지만 무게나 방향, 독자가 다를 수밖에 없다. 누군가는 전자의 글을, 누군가는 후자의 글을 읽고 싶어 한다. 같은 사람이라도 전자의 글이 필요할 때가 있고, 후자의 글이 필요할 때가 있을 것이다. 어떤 글은 전자로 시작하지만 후자로 방향을 틀기도 한다. 분명한 건 둘은 서로 다르고, 둘은 모두 이 세상에 필요한 글이라는 점이다. 쓰는 사람은 글감에 따라, 자기 상태에 따라 방향을 선택하면 된다. 글쓰기 모임을 하면서 깨달은 건 글쓴이는 결국 자신이 쓰고 싶은 걸 쓴다는 것이다. 지금 머릿속을 장악하고 있는 그 주제를 향해 끝내 나아간다. 어떤 글감이 주어지더라도.

쉽게 읽히는 글은 있지만, 쉬운 삶은 없다. 쉽게 읽히는 글이라 해서 쓰는 것도 쉬웠으리라 말할 수 없다. 한 문장, 한 문장 턱턱 걸리는 날에도 꾸역꾸역 글을 쓰는 건 이 글이 내게는 어렵지만 독자에게는 쉬울 수 있어서다. 가벼운 글도, 무거운 글도, 쉼 같은 글도, 삶 그 자체인 글도 모두 괜찮다. 긴 인생에서는 그 모든 글이 합쳐져 하나의 커다란 작품이 될 테니. 두려워 말고 그게 무엇이든 오늘의 글을 썼으면 좋겠다. 그동안 에세이를 읽고 쓰면서 깨달은 건 바로 이것이다.

수식어가 없는 사람이
되고 싶다

수식어가 없는 사람이 되고 싶다. 성별, 나이, 직업, 지역, 학벌이 없는 사람. MBTI 같은 각종 지표나 OO대학 출신 같은 갖가지 스펙으로 어림잡아 짐작할 수 없는 사람. 그런 것들은 나를 설명하기에 너무 단편적이다. 인간은 그리 단순하지 않다. 나는 몇 개의 알파벳으로 설명할 수 있는 평면의 사람이 아니며, 내가 살아온 인생 역시 몇 개의 단어나 숫자로 규정할 수 없다.

삶의 고비마다 내 안에는 늘 물음표가 한가득이었다. 왜 공부를 해야 하는지, 대학은 왜 가야 하는지, 취업은 꼭 해야 하는 건지, 왜 결혼을 해야 하는지, 아이는 왜 낳아야 하는

지…. 사람들이 꼭 해야 한다고 말하는 순간들 앞에서 나는 늘 직진하지 못하고 일단 멈춰 서거나 우회해야 했다. 동의할 수 없었기에. 몸이 따라가더라도 마음이 결국 따르지 못해 중간에 길을 벗어나기 일쑤였다.

그런 날들 때문에 내게 남아 있는 것들은 사실 초라하기 짝이 없다. 학벌은 고만고만하고, 직장생활은 짧았으며, 모아둔 돈도 별로 없는 그렇고 그런 사람. 무언가 보여줄 만한 걸 남기려면 유명하거나 긴 시간 해낸 무언가가 있어야 하는데, 내게는 그런 게 거의 없다. 그나마 있다면 작은 카페 하나를 10년째 지킨 일과 오랜 시간 글을 써온 일 두 가지뿐. 사실 그마저도 변변치 못하다. 카페는 작고 작으며, 작가라는 수식어가 부담스러운 나는 '쓰는 사람'이라는 네 글자 뒤로 슬쩍 숨는다. 어쩌면 내세울 게 없기에 규정하는 모든 것을 온몸으로 거부하게 되었는지도 모르겠다.

나는 오랜 시간 내가 누구인지 알지 못했다. 좋아하는 것이나 싫어하는 게 명확하지 않았다. 몇 번의 직장생활을 겪고 이십 대 후반이 되어서야 나는 내가 견딜 수 없는 게 무엇인지 조금 알게 되었다. 그건 틀이었다. 인간이 오랜 시간 만들어놓은 틀을 나는 견디지 못하는 사람이었다. 나는 틀에 끊임없이 질문을 던졌다. 왜 모두가 똑같이 살아야 하는지, 다른 것뿐인데 왜 틀리다고 하는지. 내 안에는 늘 반항기가 득한 내가 살고 있었다.

나를 조금 알게 되면서 나는 나로 살고 싶었다. 조금이라도 무게감이 있는 것들은 모두 던져버리고 그저 나로 서고 싶었다. 무게를 지닌 것들은 대부분 '부러움'과 '부끄러움'이었다. 이 두 가지는 모두 타인과 관련이 있었다. 타인이 어떻게 살아가느냐, 타인이 나를 어떻게 바라보느냐에 대해 생각하면 할수록 내 삶은 무게를 더해갔다.

마음이 동하지 않는 길을 부러움과 부끄러움을 동력 삼아 꾸역꾸역 걸어가다 보면 온 세상이 하얘졌다. 여기서 나는 대체 무얼 하고 있나, 어디로 향하고 있나. 그런 나를 붙잡아 세운 건 결국 자신이었다. '부러움도 부끄러움도 모두 내려놓고 그저 나로 살자. 아무것도 없는 빈 몸뚱이 하나뿐인 나여도 괜찮다. 그걸로 이미 충분하다.' 주문처럼 내게 말을 걸었다. 그건 내가 알을 깨고 나오는 과정이었다. 그 여정은 고통스러웠지만, 깨고 난 뒤에는 형언할 수 없을 만큼 몸과 마음이 가벼웠다. 그렇게 나는 다시 태어났다.

이십 대에 MBTI 검사를 한 적이 있다. 십수 년이 지나 다시 검사를 하니 나는 전혀 다른 사람이 되어 있었다. 인간을 몇 가지 유형으로 나누는 지표를 신뢰하지는 않지만, 중요한 건 분명 내가 달라졌다는 것. 어떤 게 진짜 나일까. 알을 깨고 나온 지금의 나는 타고 태어난 나일까, 아니면 수많은 시간을 통과하며 만들어진 나일까. 오랜 세월 나를 숨기고 살거나 남을 따라 하며 살았으니, 타고 태어난 나를 알 수 있는 길은 파편 같은 기억의 조각들을 맞춰보는 것뿐. 아무리 조각들을 들여다봐도 나는 여전히 타고 태어난 내가 어떤 모습인지 명확히 알지 못한다.

질문을 내려놓고 그저 있는 그대로의 나를 바라본다. 타고 태어난 나든, 깎이고 깎여 만들어진 나든 상관없다. 나는 지금의 내 모습이 가장 나답다고 생각한다. 그거면 족하다. 내가 좋아하는 게 무엇인지, 싫어하는 건 또 무엇인지 선명히 알게 되었으니. 내가 명확해질수록 세상을 알아가는 게 흥미롭다. 어릴 적 공부를 왜 하는지에 대해 의문을 갖던 나는 뒤늦게 세상에 대해 하나씩 배워가고 있다. 학위를 딸 것도 아니고, 시험을 치르기 위함도 아닌 순수한 호기심으로 다가가는 공부는 삶의 활력소이자 커다란 기쁨이다. 책이라는 드넓은 세상이 있어 얼마나 다행인지.

나를 알고 세상을 알아갈수록 나는 더 단단해진다. 더 평온해진다. 종종 나를 아는 게 삶의 전부가 아닌가 생각한다. 아무리 열심히 산다 해도 결국 나는 나를 벗어날 수 없으니, 제대로 나를 알고 살아가는 것만큼 중요한 게 있을까. 나를 이해하고 보듬고 있는 그대로의 나를 감싸 안으려 한다.

아이를 낳아 키우기를 정말 잘했다고 생각한 순간은, 아이가 나를 그저 나라는 이유로 사랑한다는 걸 깨달았을 때였다. 아이는 내가 어떤 모습이든 나를 사랑한다. 그 사랑에 조건은 없다. 그저 나이기에, 그런 내가 엄마이기에 아이들은 내게 사랑을 속삭이고 내 품에 와락 안긴다. 타인인 아이들도 나를 조건 없이 사랑하는데, 내가 나를 사랑하는 일에 조건을 달고 싶지 않다. 나는 충분히 사랑받을 만하니까. 실오라기 하나 걸치지 않은 빈 몸일지라도, 아무 수식어 없는 나일지라도. 그것으로 충분하다.

말하기를 좋아하던 아이가
글쓰기를 좋아하는 어른으로

어릴 적 나는 말하기를 좋아하는 아이였다. 조잘조잘 내 목소리로 생각을 표현하는 게 참 좋았다. 말을 하면 이목이 집중됐다. 어린 녀석이 말을 참 잘하네. 칭찬을 들을수록 더 겁 없이 말을 뱉었다. 내 생각을 막힘 없이 말할 수 있는 사람이라는 걸 증명하는 게 당시 내게는 무엇보다 중요한 일이었다. 그러면 내가 꽤 괜찮은 사람이 된 것 같았으니까. 한때 말하는 사람이 되고 싶다는 꿈을 꿨던 건 어쩌면 자연스러운 귀결이었다.

말발이 꽤 좋다 보니 말싸움을 하면 이길 자신이 있었다. 감히 나를 말로 이기겠다고? 하는 마음이랄까. 말싸움에서 이기고 지는 건 말발 따위와 상관없는 일이라는 걸 깨달은 건 처참하게 말싸움에서 진 뒤였다. 이십 대 초반 친한 친구와 오해가 쌓여 다툼이 벌어진 날이었다. 나보다 훨씬 말주변이 없던 친구였는데, 그날따라 친구는 내게 무척 적극적으로 따져 물었다. 그런 친구를 보고 당황한 나는 입도 제대로 뻥긋하지 못했다. 그때 깨달았다. 애정이 있는 사이에서의 모든 싸움은 결국 애정이 더 큰 사람이 진다는 것을. 서로에 대한 애정을 크기로 비교해본 적이 없던 나는 그 다툼에서 확실히 깨닫고야 만다. 친구에 대한 내 애정이 더 컸음을. 나는 아무 반박도 하지 못하고 내내 눈물만 흘렸다.

시간이 많이 흘러 나는 말보다 글이 편한 사람이 되었다. 삼년 만에 만난 친구는 내가 이전보다 조용해졌다고 말했다. 정리되지 않은 생각을 말로 내뱉기가 어려웠다. 누구보다 내 속내를 잘 아는 친구인데도 나는 말을 고르고 골랐다. 뱉는 말보다 삼키는 말이 많았다. 한때 말을 하면서 생각을 정리하곤 했던 나는 어느새 말보다는 글로 생각을 정리하고 있었다. 그 만남에서 나는 말을 하면서도 글을 쓰듯 단어를 고르고 문장을 수정하는 스스로를 발견했다. 조금 답답하고, 조금 다행이었던 시간.

왜 글이 더 편해졌는지 돌아본다. 결국 글을 쓰는 삶을 살겠구나 생각한 게 언제인지 더듬어본다. 긴 여행을 다녀온 뒤부터 만나는 게 불편한 사람이 생기기 시작했다. 서른쯤이었는데, 모임을 나가면 대화 주제가 늘 비슷했다. 누구 연봉이 얼마더라, 누가 어떤 스펙의 사람과 결혼한다더라, 누가 무슨 차를 뽑았다더라, 어디 집값이 얼마더라. 한참 떠들다 돌아오면 허무했다.

생각해보니 나는 그런 이야기를 나누고 싶지 않았다. 그보다 너는 어떤 사람인지, 나는 어떤 사람인지, 나와 너는 어떻게 살아가고 싶은지 이야기하고 싶었다. 긴 여행에 대해 묻는 친구는 많았지만 모두 질문이 같았다. 몇 개국을 다녀왔는지, 돈은 얼마나 들었는지, 어디가 가장 좋았는지. 내가 여행지에서 어떤 걸 느꼈는지, 긴 여행을 선택한 이유는 무엇인지, 여행을 하며 마음은 어떻게 변해갔는지, 여행을 마친 뒤 마음은 어떤지 등을 묻는 사람은 없었다. 나는 그 이야기가 하고 싶었다.

그런 친구가 아예 없었던 건 아니지만 대화는 늘 부족했다. 결국 내가 하고 싶은 이야기를 온전히 받아주는 건 하얀 지면뿐이었다. 삶이 무엇인지, 지금의 내 머릿속을 장악한 주제가 무엇인지, 내게 여행의 의미는 무엇인지, 나는 앞으로 어떻게 살아가고 싶은지, 나는 어떻게 달라졌는지…. 글로 토해낼 수밖에 없었다. 내게 원하는 질문을 던지는 사람이 없으니 스스로 질문을 던지고 답해야 했던 것.

어쩌면 외로웠던 것도 같다. 나는 주로 청자였다. 듣는 사람, 들어야만 하는 사람. 내 이야기를 궁금해하는 사람은 거의 없었다. 반면 자기 이야기를 하고자 하는 사람은 주위에 넘쳐났다. 집에서도, 집 밖에서도 나는 누군가의 이야기를 끊임없이 들어야만 했다. 그렇게 하루를 보내고 나면 내 안의 에너지를 모두 소진한 것처럼 기진맥진했다. 아무리 친한 사이라 해도, 아무리 가까운 가족이라 해도 결국 타인이다. 타인은 내게 오래 집중하지 않는다. 자신의 삶이 가장 바쁘고 자신의 아픔이 더 깊다. 그러니 너무 오래 그들을 붙들고 내 이야기를 털어놓을 수 없었다. 나 역시 그들에게는 타인에 불과했겠지만.

종이는 말이 없다. 아무리 털어놔도 하얀 공간만 묵묵히 건넬 뿐 내게 그 어떤 조언도, 위로도 하지 않는다. 그런데 든든하다. 존재만으로 온기가 들어찬다. 머릿속이 생각으로 가득 차 흘러넘칠 때가 되면 종이를 찾는다. 쏟아내면서 생각을 정리하거나 나만의 결론을 내린다. 갑작스럽게 어려움이 닥치거나, 억울하거나, 속상할 때도 종이를 찾는다. 무슨 일이 있었는지 미주알고주알 종이 위에 떠들고 나면 한 걸음 물러서서 오늘 하루를 되돌아볼 수 있다. 먹구름만 잔뜩 낀 하루였던 것 같지만, 글을 쓰며 다시 찬찬히 살펴보면 그 사이 숨겨져 있는 파란 하늘이 살짝 보인다. 더 큰 어려움이 닥치지 않은 것에, 이 정도 속상함으로 그친 것에 감사한 마음이 들기도 한다. 그러고 나면 불같던 마음이 사그라든다. 다시 일상을 차분히 살아갈 용기가 솟는다.

글이 아니었다면 더 오래, 더 극심한 감정에 시달렸을 것이다. 어쩌면 애꿎은 가족에게 한풀이를 했을지도 모른다. 글이 있어서 참 다행이라는 생각이 절로 드는 이유다. 인생의 폭풍이 휘몰아치는 한가운데서도 종종 '이걸 글로 써야지'라고 생각하는 스스로를 발견한다. 그런 생각을 품는 자신이 웃기기도 하고 어이없기도 하다. 이런 상황에서도 글 쓸 생각을 하다니. 글이 아무래도 내게 비빌 언덕이 된 모양이다. 언제든, 어디서든 내 모든 걸 받아줄 유일한 공간이랄까. 털어놓고 나면 한결 홀가분해진다는 걸 아니까. 훨씬 정화된 내가 된다는 걸 믿으니까. 그러니 감정이 응어리질 때면 말로 누군가를 공격하기보다 조용히 제자리로 돌아와 글에 감정을 드러내려 한다. 그 누구에게도 상처를 주지 않고 내 감정을 치유할 수 있는 지름길이 글쓰기인 것.

어른이 아니라고 부정할 수 없는 나이가 되었고, 말을 이전보다 아끼게 되었으니 다행인지도 모르겠다. 그럼에도 이따금 하지 않아도 될 말을 내뱉고 후회의 한숨을 내쉰다. 더 무거운 입을 가져야겠다고 다짐한다. 후회와 다짐을 몇 번이나 반복해야 더 나은 사람이 될 수 있을지. 꼰대가 되고 싶지는 않지만 거역할 수 없는 세월의 흐름을 따라 꼰대의 나이가 되었으니, 이왕이면 더 듣는 꼰대가 되고 싶다. 글이라는 소중한 친구가 생긴 건 그나마 다행이다. 못다 한 말은 글로 하면 되니까. 말은 주워 담을 수 없지만, 글로 쓰면 언제든 부끄러운 생각을 수정할 수 있으니까. 글에서는 더 나은 사람인 척할 필요가 없다. 그저 있는 그대로 지금의 나를 드러내면 된다. 그래야 좋은 글이 된다고 믿는다. 이전보다 내가 더 잘 살고 있다면 믿을 만한 구석이 생겼기 때문일 것이다. 든든한, 근사한, 버팀목이 되어주는, 어떤 말도 털어놓을 수 있는, 평생 함께할 글이 있으니.

얼굴에 지문이 새겨진
어느 날

열여섯 살 때부터 이십 대 초반까지 안경을 썼다. 계속 쓰는 건 영 불편해서 수업시간에만 칠판을 보기 위해 꺼내곤 했다. 안경을 벗지 못할 만큼 눈이 나쁜 편은 아니었기에 가능한 일이었다. 스물두 살에 처음 렌즈를 맞췄다. 당시는 아나운서 지망생이라 카메라 테스트를 준비했는데, 카메라 위치를 정확히 찾지 못하는 스스로를 발견하고는 결국 렌즈를 끼게 되었다.

뭐가 달라지겠어, 똑같겠지. 이런 생각은 렌즈를 착용함과 동시에 와장창 깨져버렸다. 안경점에서 맞춘 렌즈를 처음 끼고 인근 화장실에 들어간 나는 정말 화들짝 놀랐다. 거울에 비친 내 얼굴에 잡티가 한가득이었던 것이다. 그러고 보니 그동안 안경을 쓰고 내 얼굴을 자세히 들여다본 적이 없었다. 평소에 거울을 자주 들여다보는 편이 아니었던 것이다. 선명해진 세상에서 가장 놀라운 게 내 얼굴이라니. 나도 모르는 나를 타인이 보고 있었다는 사실에 얼굴이 달아올랐다. 이런 얼굴로 살고 있었다는 걸 나만 몰랐구나.

그 이후 나는 더 거울을 보지 않게 되었다. 원래도 거울과 그리 친하지 않았는데 더 멀리하게 된 것이다. 내 얼굴을 정면으로 마주할 자신이 없었다. 내 흠결을 있는 그대로 안아줄 넉넉한 마음이 내게는 없었다. 그날 이후 이십 년이라는 세월이 흘렀지만, 나는 여전히 거울을 잘 보지 않는다. 어쩌다 거울을 빤히 들여다보는 날이면, 손이 자꾸 올라간다. 마음에 들지 않는 구석을 찾아 짜내고 건드린다. 이제는 재생력이 떨어져 오히려 더 큰 자국이 된다는 걸 망각한 채. 그러니 웬만하면 보지 않으려 한다.

가끔 내가 나온 사진을 보면 이십 년 전 그날처럼 화들짝 놀란다. 사진 속에는 웬 중년 여성 하나가 떡하니 들어가 있다. 그 속의 나는 내가 막연히 그리던 내 모습과 괴리가 있다. 이제는 거울을 보거나 사진을 찍는 게 점점 두렵다.

나는 내 얼굴을 잘 모른다. 부끄럽게도 내가 어떻게 늙어가고 있는지 잘 알지 못한다. 이전의 내가 내 생김을 온전히 받아들이지 못했던 것처럼, 지금의 나는 내가 늙어가는 중이라는 걸 인정하지 못하고 있는 것이다.

섬으로 이주하고 아이들을 키우면서는 얼굴에 로션조차 바르지 않는 날이 많았다. 화장을 하지 않는 게 하는 것보다 자연스러운 시골인 데다, 아이들 뒤치다꺼리한다고 굳이 얼굴에 무언가를 찍어 바를 생각을 하지 않았다. 그건 주변 이웃들도 마찬가지였는데, 어느 순간 보니 처음 만났을 때만 해도 없었던 기미나 주근깨가 잔뜩 늘어난 사람이 많았다. 화장도 화장이지만, 섬의 햇살은 육지와는 아무래도 다른 모양이었다.

한두 해 전부터 바르지 않던 로션을 바르고, 꺼내지 않던 선크림을 주섬주섬 꺼내 바르기 시작했다. 선크림이라도 바르라는 주변 조언을 듣기로 한 것이다. 비싼 화장품을 쓸 생각도 없고, 시술을 받을 의지도 없으니 선크림이라도 발라 노화를 조금이라도 늦추고 싶었다. '자연스럽게 늙어가야지'라고 입버릇처럼 말해왔지만, 정작 속마음은 아직 준비되지 않았던 모양이다. 노화를 있는 그대로 받아들일 마음의 준비가.

이따금 완전히 늙어버린, 머리가 하얗게 세고 주름이 자글자글한 노년을 떠올리며 생각한다. 그때 나는 나를 안아줄 수 있을까. 할머니가 된 내 모습을 인정하고, 그런 나를 사랑할 수 있을까. 지금까지 잘하지 못했고, 여전히 어렵기만 한 있는 그대로의 나를 끌어안는 일이 나이가 들었다 해서 갑자기 될까. 오히려 늙어가는 게 속상해 더 거부하게 되는 건 아닐까. 할머니가 된 나를 안아주려면 나는 어떻게 나이 들어야 할까.

어릴 때는 젊음이 모든 걸 가려준다. 검은 속내도, 감추고 싶은 뾰족함도. 중력에도 아랑곳하지 않는 탱탱한 피부는 청년들의 강력한 무기다. 아무리 찡그려도 금세 다시 팽팽해지니 모든 걸 쉽게 감출 수 있는 것. 하지만 그런 날은 잠시뿐이다. 영원히 감출 수 있는 건 없다. 어느 순간부터 얼굴은 모든 걸 드러내기 시작한다. 꽁꽁 숨겨놓았던 검은 속내도, 감춰왔던 뾰족함도, 남몰래 찡그리던 순간들도 마흔이 넘어가면 더는 감출 수 없는 지문이 되어 얼굴에 조금씩 표출된다.

화장이나 시술로 감추는 것도 잠시뿐이다. 노년에 들어서면 그 어떤 노력도 물거품이 되고 만다. 얼굴에는 세월만 남는다. 내가 어떤 마음으로 어떤 시간을 살아왔는지, 그 시간 동안 어떻게 웃고 울었는지 얼굴은 숨김없이 드러낸다. 잡티나 주름이 모두 지문처럼 새겨져 더는 가릴 수 없고 지울 수 없다. 늙는 게 무서운 건 그래서다. 얼굴이 지문이 되는 순간이 다가온다는 사실이 너무나 두렵다.

잘 늙어가고 싶다. 살아낸 세월만큼, 지나온 역경만큼 넉넉하고 온화해진 얼굴을 갖고 싶다. 거울이나 사진을 들여다보며 왜 이런 얼굴로 늙어버렸냐고, 왜 이리 옹졸한 얼굴이 되었느냐고 스스로를 다그치고 싶지 않다. 이만하면 잘 살아왔다고, 잘 늙어가고 있다고 두려움 없이, 미움 없이, 미련 없이 나를 바라보고 싶다. 그렇게 당당하게 내 얼굴을 마주하고 싶다.

매일 숯덩이 같은 속내를 걷어낸다. 쓸데없는 욕심이나 시기하는 마음을 버리고 또 버린다. 이렇게 하루하루 노력하다 보면 한결 정화된 내가 될 거라 믿는다. 그런 노력들이 내 얼굴에 하나씩 새겨져 그 자체로 내 삶을 대변하게 될 거라고. 그런 날이 오면 더는 거울 앞에서, 오랜만에 찍은 사진을 들여다보면서 놀라지 않을 거라고.

할머니가 된 내 얼굴을 똑바로 응시하며 인사하고 싶다. 이만하면 잘 살아왔다고, 이만하면 잘 늙었다고, 이만하면 되었다고.

2장

본격 글쓰기

공개적인 글쓰기,
나를 분리하는 글쓰기

어떤 일이든 힘을 뺄 때 잘할 수 있다. 운동선수가 경기장에서 몸에 너무 힘을 주면 부상을 당하거나 경기 결과가 좋지 않다. 가수 연습생들이 처음 하는 훈련 중 하나가 누워서 노래 부르기라고 한다. 쓸데없는 힘을 몸에서 빼는 연습을 하는 것이다.

아이가 초등학생이 되어 연필을 쥐고 글자를 쓰기 시작했을 때 내가 가장 많이 한 말은 손에서 힘을 빼라는 것이었다. 학년이 올라갈수록 써야 하는 글자 수가 늘어나는데 손에 너무 힘을 주면 오래 쓰기가 힘들다. 막 글자를 쓰기 시작한 아이들에게 중요한 건 예쁘게 쓰는 것보다 편하게 쓰는 것이다.

글도 그렇다. 글이랍시고 처음부터 너무 힘을 주면 시작조차 하지 못한다. 시작하더라도 용두사미가 되는 경우가 다반사다. 상대에게 자신의 이야기를 들려준다는 생각으로 그저 툭 시작하면 된다. 이왕이면 친절해야 한다. 상대는 나를 알지 못한다. 나는 내가 살아온 세월을 켜켜이 알지만, 내 글을 읽는 독자는 내가 누구인지, 어떤 삶을 살았는지, 무슨 생각을 하는지 전혀 모른다.

처음 만나는 사람에게 들려주듯 하나씩 천천히 이야기를 풀어가야 한다. 스타일에 너무 치중해 감추고 에두르면 뭔가 있어 보일 수는 있지만 독자는 이야기를 이해하지 못할 수도 있다. 세상의 거의 모든 글은 감동感動을 목표로 쓰인다. 감동의 사전적 의미는 '크게 느끼어 마음을 움직임'이다.

결국 타인의 마음을 움직이기 위해 쓰는 게 글인 것. 이야기가 제대로 전달돼야 독자가 감응한다. 스타일보다는 전달이 우선이다. 글자가 이야기를 나르는 도구라고 생각하면 쓰는 게 크게 어렵지 않다. 결국 읽히기 위해 쓰이는 게 글이다. 모양새는 나중 문제다.

공개적인 글쓰기의 효능

글을 쓰기로 마음먹었다면 홀로 끼적이지 말고 공개적인 글쓰기를 해보라 권하고 싶다. 책상에 앉아 당장 글을 쓰는 것도 부담스러운데 공개라니, 누군가에게는 청천벽력 같은 말일 수도 있을 것이다. 내 경우 처음 글을 쓸 때부터 공개적인 글을 썼다. 이십 대 초반 감성이 말랑하던 시절 SNS에 종종 글을 올리곤 했는데, 독자는 지인 몇 명에 불과했다.

그 얼마 안 되는 독자라도 있다는 사실이 나를 쓰게 했다. 공개를 전제로 하지 않으면 이상하게 글이 되지 않았다. 혼자 보고 말 글이라고 생각하면 시작은 해도 끝을 낼 수 없었다. 흐지부지하다 결국 그만두곤 했다. 공개를 염두에 두면 어떻게든 마무리하게 된다. 시작하는 것도 어렵지만, 시작한 글을 끝내는 건 더 힘겨운 일이다.

시작한 글을 결국 마무리하는 사람이 작가가 된다는 말이 있을 만큼 글을 끝내는 건 결코 쉽지 않다. 수많은 작가 지망생의 노트북에는 끝내지 못한 많은 작품이 담겨 있을 것이다. 보지 않아도 알 수 있다. 내 노트북에도 그런 글이 잔뜩이니. 첫 단락만 쓰고 그만둔 소설이 몇 개인지. 결국 끝낸 사람들이 공모전에도 지원할 수 있다. 좋은 작품이 되든, 되지 않든 우선 끝마치는 게 중요한 이유다. 마무리하는 연습을 해봐야 소위 말하는 필력이 생긴다.

문장력이라고도 하는 필력은 글을 쓰는 능력을 말한다. 자꾸 쓰다 보면 한두 문장 쓰는 게 어렵지 않은데, 바로 필력이 늘었기 때문이다. 내 머릿속 생각을 어떻게든 활자화해보려는 노력, 무슨 일이 있어도 글을 끝맺겠다는 끈기가 필력을 길러준다.

공개적인 글쓰기는 그 어려운 일을 기꺼이 하게 만든다. 타인의 시선에 너무 얽매이면 두려움 때문에 한 글자도 쓰지 못할 수 있지만, 적당히 타인의 시선을 의식하는 건 글을 쓰는 데 꽤 힘이 된다.

공개적인 글쓰기를 하는 방법에는 여러 가지가 있다. 글쓰기 모임에 참여하는 방법이 있고, 수시로 스마트폰으로 접근할 수 있는 SNS를 활용하는 방법도 있다. 블로그나 글쓰기 플랫폼에 자신의 글을 꾸준히 올려보는 것도 괜찮은 방법이다. 공개 대상이 꼭 수십, 수백 명의 사람이 아니어도 된다. 독자가 한두 명이더라도 혼자 쓰는 것과는 전혀 다른 효과를 가져온다.

독자가 있다고 생각하면 의도하지 않아도 글의 생김이 점점 그럴싸한 모양새를 갖추게 된다. 마치 연예인들이 카메라 마사지를 받았다고 말하듯, 글 역시 공개되면 시선 마사지를 받는 것. 일일이 지적하고 첨삭하는 것보다 훨씬 강력한 교정의 힘이 공개에 있다. 아무래도 읽는 이의 시선을 무시할 수 없으니, 글의 내용이나 모양새에 더 신경을 쓰게 된다.

마침표를 잘 안 찍던 사람이 마침표를 찍고, 문장마다 줄을 떼우던 사람이 문단을 쌓는다. 생각나는 대로 적던 사람이 짜임새를 고려한다. 누가 시키지 않아도, 따로 공부하지 않아도 공개적인 글쓰기는 자신의 글을 점점 가다듬게 한다. 수년간 온라인 공간에서 꾸준히 글 쓰는 사람들을 만나면서 이런 사례를 적잖이 보았다. 글이라고는 모르던 사람이 공개적인 글을 쓰기 시작하면서 보여준 변화는 결코 작지 않았다.

놀라운 화학작용, 글쓰기

자신의 이야기가 공개되는 것에 겁을 먹는 사람이 많다. 미안하지만 사람들은 당신의 삶에 별로 관심이 없다. 공감이나 감동은 사실 글을 읽는 순간에만 일어나는 일이다. 지나고 나면 결국 자신의 삶으로 걸어 들어갈 수밖에 없는 게 인간이다. 공개한다 해도 아무 일도 일어나지 않는다. 내게는 살이 에이는 아픔일지라도 독자에게는 별 것 아닌 경우가 많다.

다만 내 안에서는 화학작용이 일어난다. 쓸 때는 주저했지만 막상 쓰고 나니 큰 아픔은 아니었다는 걸 깨닫기도 하고, 생각보다 더 아린 일이었음을 알게 될 때도 있다. 부끄러움은 더 이상 부끄러움이 아니고, 아픔도 더는 아픔이 아니다. 글로 쓰고 나면 분명 같은 일인데 내 안에 다르게 남는다.

내가 꼭 글로 쓰고자 했던 경험 중 하나는 열다섯 살 때 구도심에서 신도시로 이사를 가며 겪었던 일련의 일들이었다. 갑작스럽게 빈부격차가 확연히 드러나는 세상에 떨어진 나는 한동안 방황했다. 그때 내 삶의 중심은 내가 아니었다. 그 시간으로부터 빠져나오는 데만 십수 년이 걸렸다. 어느 겨울날 그때의 일들을 장편소설로 썼다. 쓰고 나니 잊고 있던 기억들까지 모두 되살아나 뼈가 저렸다. 다시는 이런 글은 쓰지 않을 거라며 내팽개치기도 했다.

하지만 몇 달 뒤 놀랍게도 나는 다른 사람이 되어 있었다. 더는 그 일로 마음이 아프지 않았다. 이전에는 타인에게 그 이야기를 꺼내는 것조차 꺼렸는데, 어느 순간 이야기하는 게 어렵지 않았다. 신기한 일이었다. 늘 가위눌리듯 짓눌려왔던 일로부터 해방감을 느끼니 더 넓은 세상으로 뻗어나갈 수 있을 것만 같은 자신감이 샘솟았다.

이런 일이 벌어지는 이유는 무엇일까. 사건을 활자화하면서 객관화가 되어서다. '객관화'라는 말의 '객客' 자는 손님을 뜻한다. 손님의 시선으로, 타자의 시선으로 내 삶을 보게 되는 것이다. 내 삶을 글로 표현하면 나와 글 사이에 물리적 거리가 생겨난다. 나는 내 글을 쓰기도 하지만, 읽기도 한다. 나는 내 글의 최초의 독자이자 최후의 독자이기에. 쓰는 일은 많이 읽는 일이기도 하다.

제대로 썼는지, 연결이 끊긴 부분은 없는지, 표현이 이상하지는 않은지, 왜곡된 이야기는 없는지 자꾸 살피다 보면 처음 심취해 쓸 때와 달리 제3자의 눈으로 내 사연을 읽게 된다. 내 사연을 글로 읽는 건 색다른 경험이다. 이 과정에서 바로 객관화가 일어난다. 비로소 '나'와 '나의 이야기'가 분리되는 것이다.

글쓰기는 자신을 분리하는 일

은희경 작가의 《새의 선물》에는 '보여지는 나'와 '바라보는 나'라는 개념이 나온다. 주인공인 열두 살 진희는 이렇게 두 개의 자아로 분리해 살아가고 있음을 고백한다. 태어날 때부터 이런 시선을 가지고 살아가는 사람이 어딘가에는 있겠지만, 대다수 사람은 사실 자신과 자신의 이야기를 분리해 바라보는 걸 어려워한다. 살아낸 모든 순간을 기억하며 살진 않지만, 기억으로 남은 것들은 대부분 강렬한 일이기에 생각할수록 아프고 속상하니 어쩌면 당연한 일이다.

이런 기억과 감정을 자신과 분리하지 않고 계속 놔두면 병으로 이어질 수 있다. 우울증이나 조울증이 오기도 하고, 공황장애나 피해망상, 자기연민에 빠지기도 한다. 나 역시 나를 지속적으로 괴롭히는 일들에 사로잡힐 때면 자주 자기연민에 빠졌다. 나는 왜 이럴까, 내 삶은 왜 이 모양일까, 나만 왜 이렇게 힘든걸까 같은 생각에 너무 오래 빠져 있으면 마음의 병이 된다. 그렇게 나락으로 떨어질 때마다 나는 나를 구하기 위해 글을 썼다.

글을 쓰는 일은 자신을 분리하는 일이다. 인간이 아무리 발버둥 쳐도 결코 벗어날 수 없는 게 자기 자신이다. 태어나 죽을 때까지 우리는 우리 몸을 떠날 수 없다. 이 불가해한 일이 글에서는 벌어진다. 내 삶을 글로 옮기면 한 발자국 떨어져 나를 보게 된다. '바라보는 나'는 끊임없이 '보여지는 나'를 관찰한다. 이 놀라운 경험은 아픔을 아프지 않은 일로 만들기도 하고, 기쁨의 유효기간을 더 늘려주기도 한다.

삶을 조금 더 가볍게, 그렇지만 더 의미 있게 살 수 있는 방법이 글쓰기다. 거리를 두면 쉽게 분노하지 않는다. 거리를 두면 내가 나를 어루만질 수 있다. 너무 가까우면 정도를 지나칠 때가 많다. 부모와 자식 간이 그렇듯, 나와의 거리도 마찬가지다. 불가능할 것만 같은 나와의 거리 두기가 글쓰기 세상에서는 가능하다. 거리를 두고 내 삶을 재정렬하는 일, 그게 바로 글쓰기다.

정직하게 써야 하는 이유

나는 내 글을 자주 읽는다. 글이 잘 쓰이지 않거나 침울해 있을 때 내 글을 찾아 읽는다. 나는 내 글을 읽으며 위로와 격려를 받는다. 글을 쓰는 가장 큰 이유가 나를 위함이기에 내가 지금 쓰는 글은 내가 지금 읽고 싶은 글이기도 하다. 그래서 내 글은 다른 어떤 사람의 글보다 직접적으로 나를 위로한다. 글이 잘 쓰이지 않을 때 이전에 써놓은 글을 읽으며 기운을 낸다. '또 이런 글을 쓸 수 있어!'라고 주문을 외우며 용기를 내는 것이다.

쓸 때만 해도 끙끙 안간힘을 쓰지만, 훗날 문득 열어볼 때면 글 하나하나가 무척 생경하면서도 따뜻하게 다가온다. 쌓아놓은 글이 늘어나니 기억이 선명한 글보다 흐릿한 글이 더 많아졌다. 내 글인데도 남의 글을 엿보는 것 같아 설레다가도 나도 모르는 내 글의 존재가 한편으로는 두려워진다. 그러니 읽고 쓰며 수시로 다짐한다. 정직하게 써야지. 솔직한 나를 드러내야지.

정직하지 않은 글은 흔들리는 돌이자 금이 간 기둥과 같아서 미래의 어느 시점에 나를 무너뜨릴 수 있다. 내가 쓴 글에 내가 걸려 넘어질 수 있는 것. 거짓을 덮을 수 있는 건 또다른 거짓뿐이기 때문이다. 거짓을 쓴다면 그 거짓이 눈덩이처럼 불어나는 건 시간문제다. 나를 위한 글이 나를 해하는 글이 된다면 얼마나 당혹스러울까.

정직함은 글쓰기의 최고 덕목

글쓰기에서 가장 중요한 것 중 하나를 꼽으라면 단연 정직함이다. 마음에 거짓이나 꾸밈 없이 바르고 곧음을 뜻하는 '정직 正直'. 나에 대해, 내 상황에 대해, 내 생각에 대해 쓸 수 있는 데까지만 쓰는 게 바람직하다. 혹여 좀 모자라 보이더라도 아는 것까지만 쓰기. 좀 얕은 사람으로 보일지라도 깨달은 것까지만, 생각이 닿은 지점까지만 쓰기. 무리하지 않아야 내 글이 내 발등을 찍는 일을 막을 수 있다.

글을 쓰다 보면 메타인지가 발달한다는 느낌이 드는데, 바로 이 지점 때문이다. 쓰다 보면 아는 것과 모르는 것을 구분하는 힘이 생긴다. 막상 써보면 안다. 내가 제대로 알고 있는지, 겉핥기로만 알고 있는지. 제대로 알지 못하면 글로 옮기는 게 거의 불가능하다. 내가 그때 그 일을 온전히 이해했는지, 이해하는 척만 했는지도 구분하게 된다. 내 안에서 해결된 문제인지, 덮어놓고 방치한 문제인지 글은 모든 걸 명료하게 드러낸다.

온라인과 오프라인에서 글쓰기 모임을 진행하다 보면, 다수의 사람이 비슷한 모습을 보인다. 이상적인 결말로 글을 끝맺으려 안간힘을 쓰는 것이다. 많은 사람이 모난 사람으로 보이기보다 둥근 사람으로 보이고 싶어 한다. 모자란 사람이기보다 더 아는, 더 깨달은 사람으로 자신을 내보이고자 한다. 실체가 없는 욕심은 공허함을 남긴다. 어설픔은 티가 난다. 누군가는 내 글을 읽으며 내 새카만 속내를 꿰뚫고 있을지 모른다.

있는 그대로의 나를 쓰기

글은 내가 완벽한 사람이라는 걸 드러내기 위해 쓰는 게 아니다. 성인군자처럼 다 깨달은 사람인 걸 과시하기 위해 쓰는 것도 아니다. 내 행복을 만천하에 떠벌리기 위해 쓰여서도 안 된다. 애써 깨달은 척, 다 이해한 척하지 말고 모르면 모르는 대로, 모나면 모난 대로, 깨닫지 못하면 못한 대로 끝을 맺어도 무방하다. 나를 깎고 깎아 남들과 똑같은 사람으로 보이기 위해 글을 쓰는 게 아니기 때문이다.

쓰면서 나를 알아가고, 어떤 생김이든, 어떤 기질과 환경 속에 있든 가감 없이 마주하기 위해 글을 써야 한다. 남들과 똑같다는 걸 보여주기 위해서라면 굳이 글을 쓸 필요가 없을지도 모른다. 그저 남이 하는 대로 따라가면 되니. 글을 쓰는 건 타인과 다른 나만의 고유성을 알기 위함이다. 비슷한 사람은 있어도 똑같은 사람은 없다. 같은 유전자를 물려받은 일란성 쌍둥이도 다른 성격을 지니고 다른 삶을 살아간다.

"모난 돌이 정 맞는다"라는 옛말이 있다. 특히 한국 사회는 튀는 사람을 가만두지 않는다. 눈에 띄는 사람을 욕하거나 시기 질투한다. 아이들은 고학년이 될수록 무채색 옷만 입고, 왕따가 될까 봐 튀는 행동을 자제한다. 어른이 되어서도 주체적으로 자기 삶을 개척하기보다 남들 가는 길을 그저 뒤쫓는다. 이런 분위기 때문에 사람들은 튀어 보이는 걸 극도로 경계한다. 조금이라도 다르게 살아가는 걸 겁낸다.

나를 감추고 남들과 비슷비슷하게 살아가면 행복할까. 내 내면을 들여다보지 않고 '참 나'를 알아가는 길을 포기하는 삶이 과연 만족스러울까. 튀는 사람들을 덮어놓고 비난하는 세상이 과연 살기 좋은 세상일까. 오히려 모나면 모난 대로, 둥글면 둥근 대로 다름을 인정하며 함께 살아가는 세상이 더 살 만한 게 아닐까.

헤르만 헤세의《데미안》초입에는 이런 글이 적혀 있다.

내 속에서 솟아 나오려는 것, 바로 그것을 나는 살아보려고 했다. 왜 그것이 그토록 어려웠을까.

처음 이 문장을 읽었을 때 나는 왈칵 눈물을 쏟았다. 내 모습대로 살지 못했던 시간들이 떠올랐기 때문이다. 그 시간 속의 나는 행복하지 않았다. 나를 알아보기보다 남을 알아갔던 시간, 내 모난 부분을 들킬까 봐 전전긍긍했던 날들, 진짜 나를 감추고 무난한 척 연기하듯 살았던 시절이 스쳐 갔다.

헤르만 헤세의 《데미안》에서 가장 유명한 문구는 "새는 알을 깨고 나온다"이다. 여기서 '알을 깬다'는 표현은 결국 온전한 나를 세상에 드러내는 일일 것이다. 내가 나를 알아야, 내 생김을 부끄러워하지 않아야 비로소 내 알을 깰 수 있다. 생김을 부정하고 지우기보다 자신의 개별성을 받아들이고 인정하며 살아가야 삶이 만족스럽다. 정직하게 글을 쓴다는 건 바로 그런 나를 세상에 내보이는 일이다. 스스로 알을 깨는 과정인 것이다. 《데미안》에는 이런 구절도 있다.

모든 사람에게 있어서 진실한 직분이란 다만 한 가지였다. 즉 자기 자신에게로 가는 것. … 누구나 관심 가질 일은, 아무래도 좋은 운명 하나가 아니라, 자신의 운명을 찾아내는 것이며, 운명을 자신 속에서 완전히 그리고 굴절 없이 다 살아내는 일이었다.

달라야 아름답다.

여행이 즐거운 건 여행지에서 만나는 풍경과 사람들이 일상에서 보던 모습과 다르기 때문이다. 지구가 아름다운 건 우주 어디에서도 볼 수 없는 다양한 생물이 공존하기 때문이다. 아름다운 사회란 어떤 곳일까. 다양한 성정의 사람이 함께 어우러져 살아가는 사회가 아닐까. 타인과 다른 나를 드러내는 걸 주저하지 않는 분위기가 형성돼 있고, 개개인의 생김이나 살아온 배경, 선택한 삶이 모두 다를 수밖에 없다는 걸 마땅히 인정하는 문화가 있는 사회가 아닐까.

정직한 나를 드러내는 건 바로 그런 세상을 향해 가는 작은 발걸음인지도 모른다. 애써 둥글게 보이지 말고, 화가 나면 나는 대로, 속상하면 속상한 대로, 특이하면 특이한 대로 감추지 않고 드러내는 것. 쓰다 보면 알게 된다. 내 분노가 정당한지 아닌지, 속상함의 근원이 타인인지 나인지, 왜 나는 남들과 다른지.

내 감정을 명확히 들여다보고 그 시간 속의 나를 꺼내보면 과거의 나와 지금의 내가 조금씩 이해되기 시작한다. 남과 다르더라도, 세상이 원하는 상이 아니더라도, 시대와 맞지 않는 나일지라도 보듬어주게 된다. 내 타고난 생김과 그렇게 살 수밖에 없었던 미숙함 그리고 나를 둘러싼 환경들이 조금씩 해석된다.

그러다 보면 내가 바꿀 수 있는 것과 바꿀 수 없는 것을 구분할 수 있다. 이걸 제대로 구분하지 못하면 쓸데없는 감정 낭비를 하게 된다. 바꿀 수 없는 것을 붙잡고 속앓이를 하는 것만큼 답답하고 소모적인 일이 있을까. 바꿀 수 있는 것은 바꾸려 노력하고, 바꿀 수 없는 것은 인정하고 내려놓다 보면 조금씩 내 주변이 변한다. 내 관점이 바뀌니 내가 달라지고, 내 삶과 나를 둘러싼 세상이 새로워지는 것이다.

거짓으로 글을 쓰면 이런 과정과 결과가 소거된다. 마무리되지 않은 감정을 해결하지 않고 억지로 글을 종결시키면 마음의 응어리는 풀리기는커녕 도리어 엉켜버린다. 진실을 적지 않으면 이야기는 왜곡되거나 축소 혹은 과장된다. 나를 위한 글쓰기가 나를 해하는 글쓰기가 되는 것이다. 정직한 글쓰기만이 나를 치유하고 내 삶을 바꾼다. 우리가 써야 하는 글은 바로 이런 글이다.

글쓰기는 질문하기,
질문은 구원의 길

　　어릴 때부터 청개구리라는 말을 많이 들었다. 납득이 가기 전에는 절대 시키는 대로 따르지 않는 꼬마였기 때문이다. 대신 내가 옳다고 생각하는 일에는 만사 제쳐두고라도 뛰어들었다. 이처럼 '어떤 권력이나 권위에 순응하거나 따르지 아니하고 저항하는 기골'을 '반골'이라고 한다. 반골 뒤에 기질이라는 말이 꼭 들러붙는 걸 보면 반골 성향은 타고나는 건지도 모르겠다. 반골 기질을 가진 나는 스스로 결론에 도달할 때까지 되새김질을 하고 또 하는 편이다. 무엇이 옳은지, 왜 그런지, 어떻게 해야 하는지 스스로 소화해 오롯한 나만의 결론을 내려야만 행동으로 옮긴다. 그러니 늘 남들보다 생각이 많고, 질문이 넘치며, 의심 또한 깊은 편이다.

한때 이런 내 기질을 무시하고 타인을 좇으며 맹목적으로 살아간 적이 있다. 생각하기를 포기하고 많은 사람이 옳다고 여기는 것을 마냥 따라 했다. 옳고 그름을 판단하지 않고 앞만 보고 달려가던 시절이었다. 나만의 가치를 세우려 하지 않고 보이는 것들에 온통 시선을 빼앗긴 날들이었다. 이십 대 후반 뒤늦은 사춘기를 겪을 때 폭발적인 질문의 시기가 찾아온 건 어쩌면 당연한 결과였다. 십수 년간 질문을 잃고 살았으니까. 결국 나는 내 기질에 무릎을 꿇었다. 기질을 되찾은 뒤에야 다시 나답게 살 수 있었다.

생긴 대로 살아야 마음이 편하다. 나에게 꼭 맞는 삶이란 결국 내 기질과 성향에 어울리는 삶이리라. 맞지 않는 삶을 살고 있으니 늘 불협화음이 가득한 일상이 될 수밖에 없었다. 내 기질을 다시 찾고 생긴 대로 살게 된 건 어찌 보면 불만이 포화상태에 이르렀기 때문이다. 탈출하고 싶고, 변화를 주고 싶고, 달라지고 싶다는 욕구가 치솟는 건 이제 드디어 다른 삶을 살 때가 되었다는 뜻인지도 모른다.

그런 시기가 와도 선뜻 행동으로 옮기지 못하는 건 나를 믿지 못해서인 경우가 많다. 생긴 대로 살려면 우선 내 안에 에너지가 있어야 한다. 내가 나를 믿어야 하고 내 사고 과정을 신뢰해야 한다. 나를 가장 잘 아는 건 자신이라는 믿음, 역경을 뚫고 결국 나아갈 수 있다는 신뢰. 이런 게 굳건해야 내가 생각한 대로 살아갈 수 있다. 그렇지 않으면 이전의 삶을 답습하기 십상이다. 얼마 가지 못하고 다시 예전 모습으로 돌아가고 말 것이다.

구원의 질문

내 글에는 질문이 참 많다. 글은 거울이니 아마도 내 기질이 고스란히 글에 반영됐기 때문일 것이다. 글 속의 나는 세상 온갖 것에 질문을 던진다. "어떻게 살아야 할까." "집이란 무엇인가." "이제 내게 남은 건 글뿐인가." 그동안 써온 글들을 찬찬히 읽어보면 늘 그 가운데에는 질문이 놓여 있다. 무엇이 그토록 궁금했을까. 질문은 나를 향하기도 하지만 타인이나 세상을 겨냥하기도 한다. 누구나 알고 있는 명제에 대해 새삼스러운 질문을 던질 때도 있고, 흔하지 않은 주제에 대한 고민을 털어놓기도 한다. 글쓰기는 머릿속에서만 빙빙 돌던 질문들을 눈앞에 생생히 가시화한다.

나만 이런 건 아니다. 타인의 글을 자세히 들여다보면 질문이 글 중심에 놓여 있을 때가 많다. 의문과 의심, 궁금증과 호기심은 글의 동력이 된다. 더 정확히는 생각의 동력이다. 글쓰기와 질문하기는 언뜻 보면 전혀 다른 것 같지만, 사실 본질은 같다. 글을 쓴다는 건 끊임없이 자신과 세상에 질문을 던지는 것이기 때문이다. 나는 누구인지, 나는 여기 왜 있는지, 타인은 왜 저런 삶을 살아가는지, 세상에는 왜 이렇게 많은 기준이 있는지, 모두가 옳다고 하는 게 정말 옳은 것인지, 내가 원하는 삶은 무엇인지, 나는 그리고 세상은 옳게 가고 있는지…. 내 기질은 끊임없이 나를 질문하는 사람으로 서게 하고, 쓰는 삶은 질문 끝에 나만의 정의를 내리게 한다.

다시 내 기질이 겉으로 드러났을 때 내가 살아온 지난날이 모두 거짓으로 느껴져 무척 힘겨웠다. 허수아비처럼 살아왔다는 자책이 몸과 마음을 휘감았다. 그때 떠오른 질문은 이것이었다.

"나는 누구인가. 나는 여기 왜 있는가."

박해영 작가의 드라마 〈나의 해방일지〉에는 이런 내레이션이 나온다.

어려서 교회 다닐 때 기도 제목 적어내는 게 있었는데, 애들이 쓴 걸 보고, 이런 걸 왜 기도하지? 성적, 원하는 학교, 교우관계…. 고작 이런 걸 기도한다고? 신한테, 신인데? 난 궁금한 건 하나밖에 없었어. 나 뭐예요. 나 여기 왜 있어요. … 인간은 다 허수아비 같아. 자기가 진짜 뭔지 모르면서 그냥 연기하며 사는 허수아비. 어떻게 보면 건강하게 잘 산다고 하는 사람들은 이런 모든 질문을 잠재워 두기로 합의한 사람일 수도. '인생은 이런 거야'라는 거짓말에 합의한 사람들. 난 합의 안 해. 죽어서 가는 천국 따윈 필요 없어. 살아서 천국을 볼 거야.

드라마가 끝나고도 이 내레이션은 오랫동안 내 머릿속에서 메아리쳤다. 거기에는 내가 수시로 스스로에게 던졌던 바로 그 질문이 들어 있었다. 다른 게 있다면 주인공은 신을 향해 물음을 던졌고, 나는 스스로에게 질문했다는 것. 대상은 달랐지만 그 질문은 결국 하나의 목적으로 귀결된다. 구원. 기독교에서 구원은 인류를 죽음과 고통과 죄악에서 건져내는 일을 일컫는다. 근원적 존재에 대한 물음은 결국 자신에게 손길을 뻗는 행위였다. 나는 그 질문들이 껍데기 같았던 내 삶을 구원했다고 믿는다.

눈에 보이는 것보다 보이지 않는 것을 더 중심에 두는 삶으로 건너가는 데 가장 큰 역할을 한 건 끊임없는 의심과 질문이었다. 한순간의 반짝임이 한 사람의 인생 전부를 대변하지 않는다. 어느덧 중년이 된 나는, 인생이라는 게 어느 순간 안정이라는 깃발을 꽂고 이제부터는 무조건 평탄하다고 외칠 수 있는 호락호락한 존재가 아니라는 것을 안다. 세상에 쉽고 편한 인생은 없다. 잠깐 그래 보이는 인생은 있을지 모르지만 그 이면의 생까지 과연 그럴까. 한 고개를 넘으면 또다른 고개를 맞닥뜨리는 게 인생 아닌가.

그러니 내가 꾀할 건 그저 평온한 내가 되기 위해 노력하는 것뿐이라고 믿는다. 평온한 내가 되는 길은 결국 나를 알고 나답게 사는 것. 거기에 한 가지를 더한다면 세상 모든 존재를 진심으로 사랑하는 것. 글쓰기는 평온한 내가 되기 위한 기나긴 여정과 같다. 글을 계속 쓰는 한 내 질문은 늘 현재진행형일 것이다. 나는 여전히 내가 궁금하고, 나를 둘러싼 세상을 알고 싶다. 타인을 진심으로 이해하고 싶고, 작게라도 세상에 도움이 되는 사람으로 늙어가고 싶다. 옳음은 시대에 따라 변한다. 어제 옳았던 것이 내일은 옳지 않을 수도 있다. 그러니 내 질문은 끊임없이 이어질 것이다. 무엇이 옳은지, 어떻게 살아야 하는지.

나만의 삶을 살게 하는 '질문'

아이들은 질문이 많다. 질문이 많다는 건 자신의 삶과 세상에 대해 애정이 있다는 의미다. 호기심은 애정에서 나온다. 하지만 어느 순간부터 아이들은 호기심을 잃는다. 마치 세상을 다 알게 된 사람처럼 모든 것에 시큰둥해진다. 그러다 갑자기 어느 날 어른이 된다. 질문이 사라진 삶은 무미건조하다. 궁금한 게 없으니 탐구심은 줄어든다. 새롭게 배우고 싶은 것도 없고, 추구하며 살아가는 가치도 없다. 문제가 생겨 답답하고 속상해도 원인을 잘 찾지 못한다. 질문을 던져본 지가 너무 오래되었기 때문이다. 개중에는 질문을 던진 적이 있는지조차 잊어버리는 경우도 많다. 우리는 모두 한때 아이였으니, 분명 세상 모든 것을 반짝이는 눈으로 바라보던 시절이 있었을 것이다.

질문도 습관이다. 평소에 질문을 잘 하지 않는다면 기질적으로 질문이 없는 사람인지, 아니면 어느 순간부터 질문을 잃은 사람인지 과거를 돌아볼 필요가 있다. 질문을 한다는 건 곧 살아 있다는 증거다. 질문을 하지 않는 삶은 죽어 있는 것과 같다. 목숨은 붙어 있지만 영혼이 죽어 있는 삶인 것. 의문도, 질문도 없이 수동적으로 끌려가는 삶에서는 만족을 찾기가 어렵다. 인간의 궁극적인 목표는 '자유'라는 생각을 할 때가 많은데, 인간은 스스로 선택한 삶을 살아갈 때 자유를 느낀다고 한다. 자유는 아무것도 없는 허공의 상태가 아닌, 내가 원하는 것으로 채운 상태다. 삶이 쳇바퀴 같더라도 내 의지로 선택한 삶이라면 그 속에서 자유를 느낀다.

나를 알아야 선택할 수 있다. 제대로 된 선택이어야 살아갈 의지가 생기고 비로소 자유에 도달한다. 어긋난 선택은 다시 원점으로 돌아가게 한다. 그러니 질문을 멈출 수 없다. 질문은 계속되어야 한다. 누구의 삶이라도 그렇다. 질문은 본질에 가까운 것일수록 좋다. 본질에서 벗어난 질문은 삶을 오히려 방황의 늪에 빠뜨린다. 본질에 가까운 질문일수록 쉽게 답할 수 없다. 답이 쉬이 내려진다면 질문이 잘못됐을지도 모른다. 제대로 된 질문을 던지는 것이 문제를 해결하는 첫걸음이다. 명확한 답을 하는 것보다 더 중요한 게 바로 질문이다. 사람들은 보통 대답하기 어려운 질문을 받으면 말을 흐리거나 회피한다. 질문을 정면으로 마주하지 못하는 것이다.

글을 쓴다는 건 용기를 내 질문을 맞대는 것과 같다. 문제가 무엇인지, 답답한 지점이 어디인지, 내 인생이 꼬여 있다고 생각한 이유가 무엇인지, 나는 어떤 사람인지, 내가 원하는 삶은 어떤 건지 제대로 마주하는 것이다. 질문이 구원인 것은 바로 이 때문이다. 글쓰기가 삶을 구원으로 안내하는 것 역시 바로 이 때문이다. 글을 쓴다는 건 계속 질문하는 삶을 산다는 말과 같다. 편견과 선입견을 거두고, 이미 정해진 세상의 틀을 거부하고, 태초의 나로 돌아가 스스로 질문을 던지고 답하는 과정이 바로 글쓰기다. 새로운 나만의 세상을 건설해가는 게 바로 글쓰기다.

그러니 나는 계속 글에서 물음표를 던질 수밖에 없다. 종교가 없는 나는 나를 구원하기 위해 신 대신 스스로에게 묻는다. 질문은 한 번으로 끝나지 않는다. 오늘의 나는 어제의 나와 다르고, 오늘의 정의가 내일의 정의는 아니기 때문이다. 나를 향한 물음은 계속되어야 한다. 나는 누구인가, 나는 어떤 사람인가, 여기는 어디인가, 내 삶은 어디를 향해 가는가, 세상은 진보하고 있나 퇴보하고 있나, 인간은 어떤 존재고 어떻게 살아가야 하는 존재인가.

혼자 하는 질문은 외롭다. 아무나 붙들고 깊은 고민을 꺼낼 수도 없는 노릇이다. 친구에게 갑자기 "너는 누구냐, 네 삶은 어디로 가느냐"라고 묻는다면, 아마 정신이 이상해졌다고 여길지 모른다. 안타깝게도 이런 근원적 질문을 던질 수 있는 상대나 장소는 극히 드물다. 독서 모임이나 글쓰기 모임이라면 모를까. 글만이 이런 나의 보이지 않는 분투를 투명하게 담아낸다. 글만이 끊임없이 나를 질문의 세계로 안내한다. 질문이 있는 삶은 방황할 수는 있지만, 조금 늦을 수는 있지만 결국 나를 내 길로 나아가게 할 것이다. 어쩌면 제일 빠른 길을 만날 수 있도록 이끄는 게 질문하는 삶인지도 모른다. 이는 정신이 이상한 게 아니라 제대로 정신을 차리고 있는 상태가 아닐까.

함께 쓰는 것의 의미

공개적인 글을 쓴다는 건
함께 쓰는 것

글을 써오던 사람이라면 모를까, 처음 쓰는 사람이라면 분명 자신의 글이 공개되는 것에 큰 부담을 느낄 것이다. 공개는 대상이 누구냐에 따라 아주 작은 규모가 될 수도 있고, 거대한 규모가 될 수도 있다. '공개하라'라는 말의 방점은 규모가 아니라 '공개' 그 자체에 찍힌다. 혼자만 보는 글이 아니라, 한 명이더라도 타인과 나누는 글을 써야 한다는 것. 불특정 다수를 향한 글이 부담스럽다면 서너 명이 그룹을 이뤄 함께 글을 쓸 것을 권한다.

아프리카 속담에 "빨리 가려면 혼자 가고, 멀리 가려면 함께 가라"라는 말이 있다. 혼자 쓰면 작심삼일이 되기 십상이다. 감시하는 사람이 없으니 게을러지고 나태해진다. 자발적인 마음만으로 굴러가기란 여간 힘든 게 아니다. 나는 '쓰지 않으면 죽을 것 같다'는 절실한 마음이 어느 날 찾아왔기에 매일 쓰는 삶으로 건너갈 수 있었다. 이런 마음이 든다는 건 절벽에 이르렀다는 뜻이기에 그리 바람직한 상황은 아니다. 그러니 손을 잡아야 한다. 쓰고 싶은 사람, 쓰고자 하는 사람, 혼자는 쓰기 힘든 사람이 손을 잡고 함께해야 한다. 그래야 멀리 갈 수 있다.

세상 모든 책은 마감의 힘으로 쓰였다는 말이 있다. 우스갯소리 같지만, 결코 웃어넘길 수 없는 말이다. 결혼 준비를 해보면 안다. 일 년이라는 기간이 남아 있어도 실제 준비는 마지막 한두 달에 몰아치듯 한다는 걸. 시험공부도 마찬가지다. 밍기적거리다 결국 시험을 코앞에 두고서야 벼락치기를 한다. 시간을 단위별로 쪼개 일을 적절히 배분하고, 배분한 만큼 꼬박꼬박 하는 것. 누가 그에 대한 보상을 해준다거나 강요가 아니라면 달성하기가 결코 쉽지 않다. 내면의 에너지만으로 굴러가는 건 참으로 어려운 일이다. 물론 그렇게 할 수만 있다면 최선이겠지만 말이다.

여럿이 모여 글감을 선정하고 마감일을 정하면 우리 몸은 그 사이클에 맞춰 움직이기 시작한다. 의식만이 아니라 무의식

속에서도 글감을 떠올린다. 이렇게 쓸지, 저렇게 쓸지 온갖 고민을 해본다. 글감과 관련된 각종 기억을 소환해 글이 될 수 있을지 가늠한다. 괜히 가족이나 지인에게 운을 띄우며 아이디어를 구하기도 한다. 글감과 연관된 영화나 책을 뒤져보기도 한다. 혼자 쓴다면 결코 불가능할 일이 벌어지는 것이다.

구성이 끝났든, 끝나지 않았든 마감이 임박하면 일단 급한 마음에 책상 앞에 앉게 된다. 백지만 하염없이 바라보기도 하고, 몇 자 떠오르는 대로 끼적이기도 한다. 그러다 갑자기 영감을 받아 산으로 가든, 들로 가든 무작정 손가락이 이끄는 대로 따라가기도 한다. 그러다 보면 글이 된다. 나도 모르게 500자, 1000자, 3000자를 쓰고 만다. 머리만 굴릴 때는 떠오르지 않았던 생각들이 손가락을 움직이기 시작하자 마침내 백지 위에 찬란하게 펼쳐질 때도 많다.

글이 글을 쓰게 한다. 뇌가 아니라 손가락이 글을 쓴다. 내 안의 힘이 아니라 타인과 약속의 힘으로 글이 쓰인다. 글쓰기 모임에서 글이 가장 많이 올라오는 시간은 단연 마감 직전이다. 마감 시간을 앞두고 하나둘 올라오는 글을 볼 때마다 엔도르핀이 막 도는 느낌이 든다. 멤버들이 나와 얼마나 비슷하고, 얼마나 다른 글을 썼을지 궁금증이 폭발하는 것이다.

서너 명이 함께 글을 쓰다 용기가 생기면 그때 불특정 다수를 향한 글을 쓰면 된다. 영 내키지 않으면 계속 소수의 사람과 써도 무방하다. 중요한 건 혼자가 아니라 함께하는 것. 절대 생기지 않을 것만 같은 용기가 함께라면 절로 생겨난다. 절대 불가능할 것만 같았던 꾸준한 글쓰기가 같이하면 된다. 그러다 보면 불특정 다수를 향한 공개적인 글쓰기가 문득 가능해질 수도 있다. 그러니 절대 하지 않는다는 말은 접어두고 일단 쓰기를. 미래는 아무도 모른다.

함께 쓰는 것의 의미

멀리 가기 위해 함께 쓰기도 하지만, 시선을 멀리 두기 위해 함께 쓰기도 한다. '불행 포르노'라는 말이 있다. 불행을 과대 전시하고 그걸 자극적으로 이용한다는 의미다. 오랜만에 만나 수다를 떠는 사람들의 이야기를 가만히 들어보면 대략 두 가지 부류로 나뉜다. 서로 자기 자랑을 늘어놓는 자랑 배틀 그룹과 자신이 얼마나 더 힘든지를 과시하는 불행 배틀 그룹.

아이러니하지만 불행은 자랑이 되기도 한다. 내가 더 아프니 너의 아픔은 별 것 아니라고 말하는 사람들, 쉽게 타인의 아픔의 무게와 크기를 깎아버리는 사람들…. 타인의 암덩어리보다 내 손끝 상처가 더 아픈 법이다. 같은 크기의 고난이라 해도 사람에 따라 느끼는 정도는 다를 수밖에 없다. 누군가에게는 아무것도 아닌 일이 누군가에게는 세상이 무너지는 고통일 수 있는 것. 그러니 자기 잣대로 타인의 아픔을 함부로 평가하거나 재단해서는 안 된다. 아픔을 경쟁의 도구로 삼아서도 안 된다.

함께 쓰면서 가장 중요한 것 중 하나는 절대 아픔의 크기를 비교해서는 안 된다는 것이다. 서로 글을 비교해도 안 되지만, 아픔을 비교하는 것 역시 절대 해서는 안 된다. 타인인 우리가 알 수 있는 건 아픔의 표면일 뿐이다. 그 표면을 가지고 크기와 무게를 재는 건 하등 소용이 없다. 수능 시험을 치르듯 경쟁하기 위해 글을 쓰는 게 아니다. 누가 가장 큰 아픔을 겪었는지 겨루기 위해 글을 쓰는 것도 아니다. 내 아픔과 네 아픔을 글로 털어놓고 함께 치유하며, 더 화창한 현재와 미래를 살기 위해 글을 쓰는 것이다. 어제의 내 글이나 어제의 괴로움은 비교 대상이 될 수 있지만, 남의 글이나 남의 아픔은 비교 대상이 아니다. 인정의 대상일 따름이다.

함께 쓰는 건 누구의 삶도
쉽지 않다는 걸 알아가는 과정

함께 쓰는 일은 나만이 아니라 타인의 삶 역시 만만치 않다는 걸 알아가는 과정이다. 세상에서 아프고 힘든 사람이 나만이 아니라는 걸 알기 위해 함께 쓴다. 잔잔한 호수 같은 인생을 사는 사람은 단 한 명도 없다. 한 점 부끄럼 없는 인생을 산 사람도, 과거에 당당한 사람도, 크든 작든 아픔이 없는 사람도 세상에는 없다. 생에는 리허설이 없으니 우리는 모두 이 순간이, 이 삶이 처음이다. 그 누구에게도 삶은 녹록지 않다. 연습 없이 실전에 바로 뛰어든 우리가 삶에 능숙할 리 없다.

묵묵히 생을 감내하다 글을 씀으로써 비로소 구체적인 사연들이 수면 위로 얼굴을 드러낸다. 다들 비슷하게 살아가는 것 같지만 똑같은 인생은 하나도 없고, 동일한 환경도 결코 없다. 같은 뱃속에서 나고, 같은 환경에서 자라도 그렇다. 돈의 유무, 능력의 유무, 환경의 좋고 나쁨을 떠나 모두에게는 각자의 고뇌가 있다. 글은 그 깊은 고뇌의 결을 고스란히 보여준다. 주름살 하나하나에 깃들어 있는 삶의 흔적들이 글에 담긴다.

알면 애정이 생긴다. 갓 사귄 지인의 마음보다 오래 만나온 친구의 마음에 더 깊이 공감하는 건 아마도 더 잘 알기 때문일 것이다. 그 친구가 어떤 생을 살아왔는지, 어떤 사람인지, 어떤 상황인지. 언뜻 알면 시기 질투하지만 제대로 알면 함부로 미워하지 않게 된다. 글을 함께 쓴다는 건 서로를 알아가는 일이다. 겉핥기가 아니라 속속들이 알아가는 과정이다. 아무리 쓴다 해도 서로가 서로를 온전히 알기란 어렵겠지만, 그래도 윤곽은 그려볼 수 있을 것이다. 한 사람이 오는 건 한 번의 파도가 아니라 하나의 바다가 밀려오는 것이기에. 계속 함께 쓰면 겹겹의 파도를 맞으며 하나의 바다를 읽게 된다.

함께 쓰기는 함께 살기와 같다. 자기연민에서 빠져나와, 우울감에서 벗어나 새로운 눈으로 세상을 바라보게 된다. 자신만이 아니라 타인에게도 연민과 배려의 시선을 보내게 된다. 나만 힘든 게 아니라는 사실만 명확히 인지해도 세상의 무게는 한결 가벼워진다. 타인의 힘듦을 깊이 응시하면 아끼는 마음이 싹튼다. 함부로 칼날을 휘두를 수 없고, 감히 타인의 인생을 왈가왈부할 수 없다. 사랑은 진심으로 응원하는 마음을 키운다.

타인을 넘어
사회를 이해하는 길

함께 쓰다 보면 '너와 나의 다름'이 당연해진다. 너와 내가 다르게 살아가는 게 마땅한 일이 된다. 도시에 살든 시골에 살든, 주택에 살든 아파트에 살든, 채식만 하든 채식 지향으로 지내든 다름은 틀림이 아니라 당연한 일이 된다. 이렇게 다양한 기질과 다채로운 사람들이 모여 한 사회를 이루고 산다는 게 기적처럼 보인다. 다름은 재앙이 아니라 축복이다. 다름을 알면 절대 이해할 수 없을 것만 같았던 부류의 사람을 조금은 이해해볼 수 있겠다는 생각이 들기도 한다.

개개인에 대한 시선은 그 개인이 이루고 있는 사회로 나아간다. 이분법적으로 사회 구성원들을 나누는 기존 문법들에 의문을 갖게 되는 것. 사회가 정의하고 규정한 것들이 얼마나 편협한 사고로 빚어진 것들인지 새삼 놀랄 때가 많다. 사회를 인지하면 무엇을 바꿔야 하고, 어떻게 나아가야 하는지 고민하게 된다. 쓰는 행위의 시작은 나를 위함이지만, 쓰다 보면 결국 그 행위가 나를 넘어 타인과 사회를 이해하는 열쇠가 된다.

이 과정이 중요한 건 말과 글로만 떠드는 사람이 아니라 발로 실천하는 사람으로 나아갈 수 있는 길이 열리기 때문이다. 쓰다 보면 어느 순간 부끄러워진다. 글에서만 옳았구나, 글에서만 정의로웠구나 하는 생각이 들어서다. 거울에 얼굴을 비추면 자신이 가장 예뻐 보이는 표정을 짓는다고 한다. 자기 모습을 스스로 인식하게 되는 것이다. 글도 마찬가지다. 내가, 내 삶이 글로 표현되면 더 좋은 사람으로, 더 괜찮은 사람으로 보이길 바라게 된다. 곧 말과 글 안에서만 살면 안 된다는 사실을 깨닫는다. 내 손길이 필요한 곳이 어디인지, 내 사랑을 돌려줄 대상이 누구인지 찾게 된다.

다름을 이해하고 인정하면 더 많은 사람을 포용할 수 있다. 모두에게 나름의 사연이 있다는 걸 알게 된다. 측은지심으로 바라보던 상대의 모자람이 당연함이 되고, 분노나 혐오로 바라보던 상대의 행동이 이해 가능한 영역으로 들어온다. 즉흥적으로 판단하기보다 한 발 물러서서 타인의 서사를 깊이 들여다보는 사고의 여유가 생긴다. 하나의 장면에 집중하는 게 아니라 한 인생과 한 사회의 맥락을 짚어보는 섬세함과 통찰력이 더해진다. 내 삶만이 아니라 타인의 삶에도 도움이 되는 인간이 되고자 하는 마음의 씨앗이 뿌리내리게 된다. 함께 쓰는 데서 나오는 놀라운 힘이다.

맞춤법과 띄어쓰기라는
의외의 걸림돌

처음 글을 쓸 때 의외로 걸림돌이 되는 게 맞춤법과 띄어쓰기다. 유독 맞춤법과 띄어쓰기에 약한 사람이 있는데, 자신의 그런 점을 알고는 글쓰기 자체를 꺼린다. 한때 나는 맞춤법에 민감했다. 글을 쓸 때만이 아니라 친구와 가벼운 문자를 주고받을 때도 맞춤법에 신경을 썼다. 수시로 사전 어플을 열어 헷갈리는 표현을 찾아보았다. 결혼 전에는 맞춤법을 자주 틀리는 남자와는 연애도 안 했다. 관심이 있다가도 문자를 주고받다가 맞춤법에 무신경한 걸 알게 되면 마음이 식어버렸다. 매력적이지 않았다.

맞춤법을 잘 모르거나 신경 쓰지 않는 사람들이 이해되지 않았다. 직접 종이사전을 뒤져야 하는 시대도 아니고, 언제든 인터넷에서 국어사전을 찾아볼 수 있는데 왜 맞춤법을 틀리는 걸까. 연배가 높을수록 그런 경향이 더 짙은데, 부모님도 예외는 아니었다. 문자를 주고받을 때마다 습관적으로 맞춤법을 틀리는 부모님에게 쓴소리를 한 적이 있다. 그렇게 심하게 철자를 틀리면 타인이 얕볼 수 있으니 신경 좀 쓰시라고 목소리를 높였다.

이런 생각을 가진 그 시절의 나는 완벽했을까. 전혀 아니었다. 수시로 사전을 찾아본 것도 실은 완벽하지 않았기 때문이다. 아무리 글을 써도 몇몇 표현은 쓸 때마다 헷갈렸다. 익혔다가도 뒤돌면 또 잊어버려 다시 찾아야 할 때가 많았다. 띄어쓰기는 더 가관이었다. 철자는 잘 알아도 띄어쓰기에서 실수하는 사람이 많은데 나도 예외는 아니었다. 내 허물은 보지 못하고 남의 허물만 트집 잡았던 것이다.

맞춤법이 엉망이어도
읽히는 글이 있다

이런 내가 각성을 한 건 몇 년 전 한 온라인 플랫폼에서 글을 읽던 어느 날이었다. 맞춤법에 오류가 유독 많은 글이 하나 보였다. 이전 같으면 읽기를 포기했을 텐데, 그날따라 그 글을 끝까지 다 읽어냈다. 다 읽은 뒤 가만히 생각해보았다. 왜 멈추지 않고 끝까지 읽었을까, 마음의 불편함을 감수하면서도 글을 읽은 이유는 무엇일까, 이 글의 무엇이 나를 끌리게 했을까.

그 글은 놀라울 정도로 솔직한 과거사가 담긴 글이었다. 글 쓴이는 자신의 치부를 기꺼이 꺼내 보이며 담담하게 아픈 과거를 글에 담아냈다. 이렇게까지 솔직할 수 있다고? 이런 이야기도 할 수 있다고? 의문이 들 정도로 진솔한 글을 읽다 보니 내용을 따라가느라 맞춤법이나 띄어쓰기는 더이상 신경 쓰이지 않았다. 독자의 시선을 잡아끄는 건 문법에 딱딱 맞는 문장이 아니라 진솔함과 진심을 담은 문장이라는 예기치 못한 깨달음이 나를 찾아왔다.

맞춤법이나 띄어쓰기를 기준으로 사람을 깔보거나 글에 등급을 매겨왔던 스스로가 너무 부끄러웠다. 이 세상에 더 잘난 사람, 더 못난 사람은 없다고 말해왔으면서 정작 나는 일정 영역에서 여전히 오만함을 버리지 못하고 있었던 것이다. 그렇게 나는 내 부끄러운 민낯을 마주하고야 말았다. 어쩌면 타인은 모르는 숨겨진 내 마음에 불과할지도 모르지만, 그럼에도 나는 안다. 내가 얼마나 모순된 인간인지. 언행일치의 삶을 살겠다 다짐했음에도 놓치고 있었던 언행불일치의 모습이었다.

맞춤법과 띄어쓰기를 백 퍼센트 완벽하게 익히고 있는 사람이 과연 존재할까. 편집자들은 이 분야에서 가장 뛰어난 사람들일 것이다. 그런 그들도 완벽하다고 말하긴 어렵지 않을까. 어쩌면 완벽은 사전에만 존재하는 세계인지도 모른다. 알아도 실수하고, 배워도 잊어버리는 사람들에게 완벽은 에베레스트 정복만큼이나 어렵고 힘겨운 일이다.

사람마다 예민하고 꼼꼼한 분야는 다르다. 정리에 민감한 사람이 있는가 하면, 정리에는 관심이 없지만 바닥 먼지는 꼭 쓸고 닦는 사람이 있다. 냉장고가 지저분한 걸 참지 못하는 사람이 있는가 하면, 냉장고는 괜찮은데 욕실이 더러우면 성질이 나는 사람이 있다. 맞춤법과 띄어쓰기도 다르지 않을 것이다. 나처럼 민감한 사람이 있는 반면, 틀린 걸 알면서도 거슬려하지 않는 사람이 있다. 후자의 경우라면 완벽하게 맞춤법과 띄어쓰기를 지키는 게 무척 어려운 일일 것이다.

일단 쓰는 게 중요한 이유

물론 정확한 표현을 익히고 사용하려고 노력하는 건 중요하다. 올바른 표현법을 배워 구사하는 건 글자를 다루는 사람들의 의무일 것이다. 맞춤법만이 아니라 차별이나 혐오가 담긴 표현을 지양하고, 더 순화한 고운 언어를 사용하는 게 옳다. 언어는 사회의 얼굴이니 더 나은 얼굴을 가질 수 있도록 노력해야 하는 건 당연하다. 하지만 여기에 너무 짓눌린 나머지 한 글자도 쓰지 못하는 건 어리석은 일이 아닐까. 직접 써봐야 틀린 부분이 어디인지 알 수 있다. 자꾸 찾아보고 사용해야 무엇이 더 알맞은 표현인지, 어떤 표현을 삼가야 하는지 구분하는 힘이 생긴다.

서툰 솜씨라도 진심을 담아 한 글자 한 글자 꾹꾹 눌러 쓴 글은 독자의 선택을 받는 읽히는 글이 된다. 그런 글은 사람의 마음을 움직이는 힘이 있다. 용기 내어 글을 쓰는 사람은 누구보다 빨리 글이 는다. 마치 문법이 틀려도 일단 겁 없이 내뱉으며 외국어 실력을 빠르게 쌓는 사람들처럼. 글을 쓰는 데 있어서 맞춤법이나 띄어쓰기가 가장 중요한 요소는 아니다. 하고자 하는 이야기, 전하고자 하는 메시지에 더 관심을 두어야 한다.

아이가 학교 숙제로 글을 쓰면 옆에서 절대 맞춤법 훈수를 두지 않는다. 아이가 자기 생각을 문장으로 옮기고 그 문장들을 연결해 글을 썼다는 게 맞춤법을 지키면서 쓰는 것보다 훨씬 중요하다고 생각하기 때문이다. 몇 개 틀린 맞춤법을 괜히 지적해서 아이의 기분이 상한다면 아이는 글쓰기에 벽을 느낄지도 모른다. 학교 선생님도 그런 숙제의 경우 맞춤법을 애써 고치지 않는다. 내용에 대한 코멘트만 남길 뿐이다. 오직 받아쓰기를 할 때만 맞춤법에 대해 알려준다. 아이는 스스로 조금씩 보완해갈 것이다. 어른의 글쓰기도 마찬가지다. 글을 쓰다 보면 다른 글이 보이고, 알맞은 글자를 익히게 된다.

오래전 받았던 엽서가 있다. 삐뚤빼뚤 써내려간 글씨, 하나도 맞지 않는 맞춤법. 어릴 적 배우지 못했던 글자를 뒤늦게 배우고 나서 꼭 쓰고 싶었던 말을 한 글자 한 글자 정성껏 눌러쓴 글이 담긴 엽서였다. 그 엽서 말미에는 이렇게 쓰여 있었다.

"얼구레 주름살 안지게 마음을 비우라."

물끄러미 엽서를 바라보며 받았던 진한 감동을 다시 되새긴다. 마침내 글을 배운 이는 꼭 들려주고 싶었던 이야기를 가장 먼저 종이에 적고 싶었을 것이다. 온 마음을 담은 글에는 독자가 감응할 수밖에 없다. 감응해야 공명한다. 글의 목적은 감동을 넘어선 공명이 아닐까. 그래야 서로가 서로의 삶을, 서로의 다름을, 서로의 아픔을 이해할 수 있으니.

맞춤법이나 띄어쓰기는 하루아침에 익힐 수 있는 게 아니다. 오랜 시간이 필요하다. 그러니 하나하나 배워가는 마음을 저버리지만 않으면 된다. 이럴 때 떠오르는 말이 있다.

"뭣이 중헌디."

중요한 걸 알면 곁가지들은 가벼운 핑계에 지나지 않는다. 삶도 그렇고, 글도 그렇다.

형식보다 메시지를 담아야

기자 일을 했던 과거를 이야기하면 많은 사람은 내가 그때 글쓰기를 배웠다고 생각한다. 애석하게도 기사 쓰기는 맨땅에 헤딩하는 것과 같았다. 아무도 내게 취재는 어떻게 해야 하고, 기사는 어떻게 써야 하는지 가르쳐주지 않았다. 알아서 발제하고 눈치껏 취재하면서 곁눈질로 기사를 작성해야 했다. 지방 언론사라서 그런가 했는데, 중앙이라 해도 크게 다르지 않은 모양이었다.

기사는 사실 공식과 같아서 쓰는 틀이 정해져 있다. 그 형식에 맞게 쓰기만 하면 되기에 그 시간 동안 글이 늘었다고 보기는 어렵다. 기사는 잘 써내도 다른 글은 시작도 못하는 기자가 꽤 많다. 오히려 그 시간 동안 향상된 건 읽기였다. 하나의 기사를 쓰기 위해서는 사람도 만나야 했지만, 꽤 많은 자료도 읽어야 했다. 중요한 부분과 그렇지 않은 부분을 구분해 빠르게 내용을 파악하고 중심이 될 만한 주제를 뽑아내 정리해야 했다. 짧은 경험이었지만 분명 감사한 시간이었다.

형식에 얽매였던 날들

글쓰기를 정식으로 배운 적은 없다. 처음부터 작가가 될 마음으로 글을 쓰기 시작한 게 아니었기 때문이다. 결국 내 글을 쓰지 못할 거라 생각한 적은 있다. 제대로 배우지는 않았지만 주위들은 이야기들은 있었는데, 그중 뇌리에 꽂힌 게 글을 쓰기 전에 개요를 짜라는 말이었다. 책상 서랍 속도 정리하지 못하는 내가 개요라니.

개요 짜기는 계획성이라고는 없는 내게 너무나 힘겨운 일이었다. 개요 없이 그냥 쓰면 활자가 곧잘 튀어나오는데, 개요를 바탕으로 하면 이상하게 글이 쓰이지 않았다. 간신히 개요를 짜더라도 글은 줄곧 개요를 무시하고 새로운 궤도를 향해 나아가기 일쑤였다. 이렇게 써도 되는 건지 확신이 들지 않으니 글은 산으로 갔고, 마무리는 잘 되지 않았다.

소설 쓰는 법이 궁금해 소설반 수업을 들은 적이 있다. 그때까지도 나는 개요를 꼭 짜야 한다는 고정관념에서 벗어나지 못하고 있었다. 당시 선생님은 모든 작가가 개요를 짜고 글을 쓰진 않는다고 말했다. 작가에 따라 쓰는 방법은 천차만별이라는 것. 개요를 완벽하게 짜고 쓰는 사람, 첫 문장이 떠오르면 쓰기 시작하는 사람, 마지막 장면이 생각나야 글을 쓸 수 있는 사람 등 다양하다고 말이다. 그러니 개요에 너무 얽매일 필요는 없다고 말해주었다.

그제야 나는 개요의 늪에서 빠져나올 수 있었다. 나도 어쩌면 나만의 글을 쓸 수 있을지 모른다는 희망이 싹텄다. 쓰는 법을 정식으로 배운 적이 없는 데다, 자신감마저 부족하다 보니 엉뚱한 걸 붙잡고 허송세월을 한 것이다. 그 뒤부터 나는 좀더 자유롭게 글을 쓸 수 있었다. 생각이 여름철 나무처럼 가지를 마구 뻗어내면 감추거나 자르지 않고 그대로 글로 옮겼다. 엉뚱한 곳에 착륙하더라도 손이 가는 대로 글을 썼다. 쓰는 것 자체를 사랑했으니 가능한 일이었으리라.

에세이를 주로 쓰지만 에세이 작법책을 본 적은 없다. 글쓰기에 관한 책은 가끔 읽었지만, 작법을 다루는 책보다는 글쓰기에 대한 통찰이나 작가의 삶을 담아낸 책을 더 많이 읽었다. 내가 잘나서, 내 글이 특출나서 그런 건 결코 아니었다. 그보다는 무언가에 얽매이고 싶지 않은 마음이 컸다. 내가 가장 좋아하고 잘 해내고 싶은 일이 글쓰기인데, 그 글을 너무 학습의 영역으로 끌어들이면 왠지 억압받는 느낌이 들 것 같았다. 글만은, 글에서

만은 자유롭고 싶었다.

　학창시절과 직장생활을 하던 때를 떠올리면 늘 어떤 고정된 틀에 갇혀 있었던 것 같다. 공부는 이렇게 해야 한다, 직장생활은 이렇게 해야지…. 온갖 잔소리와 조언이 난무하는 세상. 내가 사랑하는 글쓰기에서만큼은 그런 이야기를 듣고 싶지 않았다. 자유롭게 쓰다 보면 언젠가 나만의 문체가, 나만의 글옷이 생길 거라고 믿었다.

글도 취향이다

　글에도 취향이 있다. 누군가는 만연체를 좋아하고, 누군가는 간결체를 선호하며, 누군가는 두 가지가 혼합된 글을 최고라 여긴다. 누군가는 화려한 수식을 사랑하고, 누군가는 절제된 표현을 애정한다. 에둘러 말하는 걸 좋아하는 사람이 있고, 직설적으로 찌르는 것에 쾌감을 느끼는 사람이 있다. 서사가 뚜렷한 글에 매력을 느끼는 사람이 있고, 장면의 서술이나 공간의 세부적인 묘사에 더 감탄하는 이들이 있다.

　남의 글을 읽다 보니 좀더 끌리는 글이 있다는 사실을 알게 됐다. 그 끌림은 사람마다 다르다는 것도. 나는 간결체를 기본으로 하되 가끔 만연체가 포함된 글이 좋았다. 화려한 수식보다는 수수한 표현이 더 잘 맞았지만, 자신만의 은유가 잊을 만하면 박혀 있는 특유의 향이 나는 글이 사랑스러웠다. 에두르는 것보다는 직설적인 게 시원했지만, 칼을 대놓고 휘둘러 누군가를 아프게 하는 글은 멀리했다. 물론 그때그때 사회적 상황이나 내 컨디션에 따라 마음이 기우는 글이 달라졌다.

내 글은 나만의 선호가 혼합된 결과물이다. 쓰다 보니 자연스럽게 내가 원하는 방향으로 흘러가게 되었다. 물론 여전히 내 생각과 글이 백 퍼센트 일치하고 있는지에 대한 의문이 들긴 하지만. 노력하다 보면 조금씩 거리를 좁힐 수 있을 거라 믿는다. 글은 생물이라 같은 사람이 쓰더라도 계속 변한다. 사람도 변하니 그 사람이 쓰는 글도 마찬가지 아닐까. 아마도 내 글은 내가 동경하는 작가나 선호하는 문체를 따라 나도 모르는 사이 시나브로 이동할 것이다. 나는 한 명이지만 다양한 자아를 동시에 지니고 있으니 같은 사람이 쓴 게 맞는지 갸우뚱할 만큼 전혀 다른 색채의 글을 써보고 싶기도 하다.

틀에서 벗어나 본질에 충실하기

룰루 밀러의 《물고기는 존재하지 않는다》는 쉽게 손이 가지 않는 책이었다. 과학책을 선호하는 편인데도 종잡을 수 없는 장르와 이야기라는 선입견이 생겨 관심 밖에 두었다. 그러다 문득 책을 열어보고는 단숨에 끝까지 읽어냈다. 들도 보도 못한 형식이었다. 에세이와 평전, 과학교양서라는 전혀 어울릴 것 같지 않은 여러 장르를 한데 버무릴 수 있다는 게 믿기지 않았다. 작가는 개인의 이야기를 모두의 이야기로 바꿔놓고, 과학계의 이야기를 삶의 이야기로 녹여냈다. 주제와 구성이 혼돈이라는 하나의 단어로 조응한다는 점도 놀라웠다. 스스로 새로운 장르를 개척한 듯한 모습이었다.

글을 쓴다고 하면 시작부터 틀에 너무 얽매이는 사람이 있다. 형식은 중요하지만 전부는 아니다. 신선함은 기존 질서를 파괴하는 데서 나온다. 형식을 지키고 기존 문법들을 착실히 따르느라 지금 내가 쓰고 싶은 글을 놓치는 일이 없었으면 좋겠다. 형식보다는 내용이니까. 사람도 겉모습보다 내면이 중요한 것처럼. 내가 담고자 하는 메시지, 내가 말하고자 하는 이야기가 그럴싸한 표현이나 명확한 장르보다 훨씬 중요하다.

겉만 화려한 게 아니라 알맹이가 있는 글이 되려면 지금 내가 하고 싶은 말이 무엇인지 본질에 충실해야 한다. 그 본질이 맞춤법이나 띄어쓰기, 형식, 장르, 메타포보다 몇 배 더 귀하다. 독자에게 남는 건 결국 글쓴이의 메시지이기 때문이다. 글쓴이 입장에서도 명확하게 하고자 하는 말을 담아내지 못하면 후회와 아쉬움이 남는다.

대부분의 일은 익숙해지면 반복이 된다. 때로 글쓰기가 기술직처럼 느껴지는 이유다. 쓰는 기술은 시간이 흐르고 꾸준함이 쌓이면 누구나 습득할 수 있다. 중요한 건 그 안에 무엇을 넣느냐일 것이다. 뻔한 이야기라도 나만의 색을 입히려면, 나를 치유하고 독자와 교감하려면 글에 무엇을 담아야 할까.

음악 오디션 프로그램을 보면 노래를 잘하는 사람이 정말 많다는 사실에 놀란다. 기술적으로 완벽에 가까운 참가자가 상당하다. 하지만 이들이 아무리 노래를 잘해도 청자의 공감을 끌어내지 못하면 탈락하고 만다. 노래는 음에 실린 메시지이기에 자신이 부르는 노래를 설득력 있게 전달하지 못하면 청자가 감동에 이를 수 없기 때문이다. 완벽한데도 마음이 동하지 않는 무대를 볼 때면 글쓰기가 떠오른다. 매끄럽고, 구성이 완벽하며, 표현력이 뛰어나도 제대로 메시지를 담지 못하면 독자의 공감을 살 수 없는 게 글이기에.

메시지는 글의 주제라고도 할 수 있다. 처음부터 끝까지 모든 문장이 주제를 향해 달려가는 게 글이다. 이런 일관성을 갖추려면 글쓴이가 주제를 제대로 인식하고 있어야 한다. 방향키를 잡고 주제에서 벗어나지 않도록 운전해야 한다. 혹 산이나 들로 경로를 잠시 벗어나더라도 다시 원래 위치로 돌아올 수 있으려면 주제 의식이 글쓴이의 마음속 깊이 안착해 있어야 한다.

극단적 비교를 해보자면, 다독가보다 사색가가 글을 더 능숙하게 써내는 걸 자주 목격한다. 자신만의 명확한 생각이 글로 드러나기 때문이 아닐까. 아무리 다독가라 해도 자신의 생각, 철학이 없으면 글에 메시지를 담기 어렵다. 책을 많이 읽지 않아도 생각을 깊게 하는 사람은 자신만의 가치, 그 가치에 대한 줏대가 확고한 경우가 많다. 전달하고자 하는 메시지가 온전한 내 것일 때 독자에게 더욱 잘 전달된다. 그 메시지는 진심이니까.

나는 여전히 개요를 잘 짜지 않지만 쓰고 싶은 이야기가 있고 나아가야 할 방향이 정해지면 글을 시작한다. 착륙 지점을 어느 정도 염두에 두고 쓰는 것이다. 물론 처음부터 그랬던 건 아니다. 처음에는 내 글이 어디로 튈지 나도 모르는 상태에서 무작정 써내려갔다. 그 시간들을 어느 정도 보낸 뒤부터는 방향성이 정해져야 글을 쓴다. 착륙 지점이 명확하지 않지만 그래도 써야만 할 때는 쓰면서 가야 할 방향을 찾기도 한다. 글의 힘을 믿는 것이다.

글쓰기에 정답은 없다고 믿는다. 누군가에게는 꽉 짜인 방식이 맞을 수도 있고, 누군가에게는 백지 안에서의 방황 그 자체가 의미 있을 수도 있다. 방황하더라도, 시작과 다른 결론이 나오더라도 마침표는 힘 있게 찍어야 하지 않을까. 그래야 독자가 무언가를 얻어갈 테니. 귀한 시간을 내어 내 글을 읽어준 데 대한 보답이랄까. 열린 결말이더라도 질문 하나만은 제대로 독자에게 던지는 것, 그것이 어쩌면 글쓰기의 핵심일지도.

그럼에도 형식을
배워야 하는 이유

글쓰기 모임을 하다 보면 대다수는 내밀한 이야기 꺼내는 걸 두려워한다. 글은 쓰고 싶지만 아직 마음의 준비가 되지 않아서다. 글을 쓰겠다는 마음을 먹는 것보다 자기 이야기를 공개하겠다고 결심하는 데 더 오랜 시간이 걸리기도 한다. 결국 그 벽을 넘지 못한 사람은 내밀한 이야기는 접어두고 소소한 일상 이야기로만 글을 채운다. 글은 쓸수록 필력이 늘어 매끄러워지지만, 스스로가 바뀌거나 치유되는 느낌은 들지 않는다.

반대로 작정한 듯 자신이 살아온 이야기를 처음부터 술술 꺼내놓는 분들이 있다. 민감한 이야기를 별 거리낌 없이 내뱉는다. 이런 분들은 자기 이야기에 온전히 공감해주는 사람이 주위에 없는 경우가 많다. 하고 싶은 말은 잔뜩 쌓여 있는데 배출하지 못했으니 어쩌면 당연한 결과일지 모른다. 하지만 자기애로 지나치게 무장하고 있거나, 자신이 살아온 삶에 유달리 자신감이 넘치는 사람이 이런 모습을 보이기도 한다. 이런 분들의 글은 짜임새가 엉성한 경우가 많다. 왜 그럴까.

앞에서 형식보다는 메시지라고 강조했다. 글의 짜임새나 모양새보다 드러내고 싶은 메시지, 하고 싶은 말에 중점을 두고 편하게 써나가길 바라는 마음에서 한 말이다. 글을 막 쓰기 시작한 사람이 형식부터 생각하면 앞으로 나아가기가 어렵기 때문이다. 어디로 가든, 어떻게 가든 우선 걸음마를 떼는 게 우선이다. 생각을 글로 옮기는 법을 먼저 익혀야 한다. 가고자 하는 방향을 결정하는 건 그다음이다. 어느 정도 마음을 글로 표현하는 법이 익숙해졌다면 이제 형식을 생각해야 한다.

형식은 글쓴이가 독자에게 말을 거는 방식이다. 서론, 본론, 결론 혹은 기승전결이라는 글의 구조가 있는 건 이것이 독자에게 가장 효율적으로 다가가는 방식이어서다. 서론에서는 환기할 수 있는 이야기를 던져 독자의 이목을 집중시키고, 본론에서는 본격적인 이야기를 꺼내놓아 독자의 눈을 사로잡고, 결론에서는 통찰이나 여운을 남긴다.

혼자 쓰는 일기라면 이 방식은 필요치 않을 것이다. 늘 만나는 친구와의 대화라면 서론 없이 본론으로 들어가도 대화가 통할 것이다. 하지만 글쓰기는 일기가 아니고, 독자는 친구에 한정

되어 있지 않다. 인사를 나누고 이야기를 서서히 진행하며 교감할 수 있는 터전을 만들어가는 게 글쓰기의 형식이다.

형식을 따르는 건
생각의 균형을 맞추는 일

형식에 너무 얽매일 필요는 없지만 그럼에도 형식을 알아야하는 이유는 이를 통해 생각의 균형을 맞출 수 있어서다. 글은 문단으로 구성되는데, 문단은 하나의 생각이 묶이는 단위다. 어떤 문단은 길고 어떤 문단은 짧다면 생각의 길이가 다를 가능성이 크다. 장점은 열 줄이나 썼는데 단점은 다섯 줄밖에 쓰지 않았다면 단점에 대해 깊이 생각해보지 않았다는 말과 같다. 서론과 본론에 비해 결론이 턱없이 짧다면 이야기는 늘어났지만 그 이야기 속에서 어떤 메시지를 뽑아낼 수 있는지, 어떤 질문을 던져야 하는지, 자신에게 그 이야기가 어떤 의미인지 깊이 생각해보지 않았다는 반증이다.

과거의 이야기를 쓰다 보면 자신의 생각에 빠져 주저리주저리 서술하게 되는 경우가 많다. 억울하고, 속상하고, 아팠던 기억을 하나하나 꺼내 전시하게 되는 것. 전시만 하고 뒤돌아보지 않으면 배설은 했지만 뒤처리를 하지 않은 것과 같다. 쓴다는 건 계속 읽는 것과 같은데, 자신이 쓴 글을 읽고 또 읽으면서 오류가 없는지 살펴야 한다. 생각이 꼬여 있으면 문장도 엉켜 있다. 그 시간 속에서 혹여 자신이 왜곡된 판단을 하지는 않았는지, 타인은 어떤 심정이었는지, 나는 어떤 상태였는지 글쓰기로 물리적 거리를 확보한 뒤 재차 읽으며 그 시간들을 점검해야 한다.

글쓰기가 익숙해졌는데도 점검하지 않고 배설로만 끝내면, 그 글은 좋은 글이 되지도 못하고 잘 쓴 글이 될 수도 없다. 한풀이에 지나지 않기 때문이다. 글쓰기는 독자와의 소통, 교감을 목적으로 하는데 자기 한풀이만 늘어놓는다면 독자가 공감할 리 없다. 왜 그게 한이 되었는지, 무엇이 가장 힘들었는지, 그 사건에서 나는 어떤 입장이었고 타인은 어떤 상황이었는지 계속 의심하고 뒤집고 살펴야 한다. 자신의 잘못이 있다면 기꺼이 인정하고 그렇게밖에 행동할 수 없었던 나를, 한계선 안에 갇힌 나를 솔직히 드러내고 끌어안아야 한다.

글의 균형을 맞추는 과정에서 생각의 균형이 잡히는 건 이 때문이다. 글이 균형 잡혔다는 건 글쓴이의 생각도 균형이 맞다는 이야기다. 다방면으로 검토해보고, 여러 갈래로 생각을 정리해봐야 이런 글을 쓸 수 있다. 어느 한쪽으로 치우친 글을 쓰는 건 논리의 허점을 드러낸 것과 같다. 생각을 덜 했다는 이야기다. 글의 길이가 너무 짧은 건 생각의 길이가 짧았거나 무언가를 감추고 있기 때문일 수 있다. 검토해볼 수 있는 모든 방면을 글에 담아봐야 글을 안정적으로 짧게 줄이는 것이 가능하다.

이야기의 논리가 공명을 만든다

에세이에서는 논리가 필요 없다고 생각하는 사람이 있는데, 그렇지 않다. 친구의 이야기를 듣다 보면 고개를 절로 끄덕이게 될 때도 있지만 갸우뚱하게 될 때도 있다. 친구의 생각과 행동이 이해되지 않아서다. 과거의 사연을 전달하고, 글쓴이의 생각을 글로 옮기는 것도 마찬가지다. 논리가 있어야, 이치에 맞아야 수긍이 가고 공명이 일어난다. 글쓴이가 어떤 사람인지를 알아야, 사연의 배경을 어느 정도 이해해야, 이야기의 전개가 납득이 가야 그 안으로 흠뻑 빠질 수 있다.

혹시 독자가 이해할 수 없는 실수나 잘못 혹은 한계가 있었다면 깔끔하게 인정하고 언급해야 한다. 내가 다 옳고, 내가 다 잘했다는 걸 알리기 위해 글을 쓰는 게 아니기 때문이다. 오히려 누구나 실수하고 후회한다는 걸 가감없이 보여줄 때 독자가 감응한다. 그 시간들을 딛고 일어설 수 있다는 걸 깨닫는다. 그런 경험을 나누는 것만으로도 서로에게 힘이 되기에 우리는 자신의 글을 보여주고 타인의 글을 읽는다.

자신의 입장에서만 잔뜩 서술한 글, 선뜻 이해되지 않는 글쓴이의 행동들, 편협한 사고를 반복하는 모습 등은 독자를 지치게 하고 반감을 갖게 한다. 자신은 다 옳았다고, 자신은 아무런 가해도 하지 않았다고, 자신은 피해자 혹은 희생자일 뿐이라고 말하는 건 적절한 이유가 뒷받침되지 않는 이상 공감을 얻기 어렵다. 선택지가 그것뿐이었는지, 내 잘못은 없는지, 그때 상대방은 어떤 상태였는지 꼼꼼히 되짚어봐야 균형 잡힌 시선을 가질 수 있고 글로 옮길 수 있다. 처음에는 배설하듯 마구 사연을 쏟아냈더라도 시간이 조금 지난 뒤 한 걸음 떨어져 자신의 사연을 다시 바라봐야 한다. 논리에 비약은 없는지, 너무 치우친 이야기는 아닌지 살펴야 한다.

글은 머릿속에 담긴 생각의 생김을 그대로 드러낸다. 글에 비약이 있다면 자신의 생각에도 비약이 있을지 모른다. 그걸 알려면 자신의 글을 다시 읽으며 생각의 오점을 파악해야 한다. 지나친 건 잘라내고, 부족한 건 더해야 한다. 글을 잘라내고 더하는 건 생각을 잘라내고 더하는 것과 같다. 이 과정에서 왜곡된 인식을 개선하고, 얕은 시선을 깊은 시선으로 바꿀 수 있다. 그래야 짜임새 있는 글이 탄생하고, 과거의 이야기를 균형 잡힌 눈으로 바라볼 수 있으며, 생각의 폭을 넓힐 수 있다.

흡인력 있게 글을 쓰는 법, 독자를 휘어잡는 서두를 쓰는 법 같은 건 차치하더라도, 적어도 논리적으로 이해되지 않는 글을 쓰는 건 지양해야 한다. 글의 논리를 세우는 건 자신이 지나온 삶을 객관적으로 바라보는 것과 같다. 내 안에서 웅크리고 있던, 썩어가던 이야기를 끄집어내 활자화하면서 그때의 나를, 그때의 일들을, 그때 엮인 타인들을 다시 생각해보는 것, 과거를 슬쩍

꺼냈다가 도로 집어넣는 게 아니라 제대로 무대 위에 세우고 직면하는 것. 그게 바로 진정한 글쓰기다.

치유를 위한 글쓰기를 하려면 반드시 이 과정을 거쳐야 한다. 이 과정 없이 온전한 치유가 일어나기는 어렵다. 어떤 과거에도 얽매이지 않고 훨훨 자유롭게 날아가는 삶을 원한다면 꼭 마주해야 한다. 그 마주보기는 형식 안에서 온전해질 수 있다. 글의 전개, 분량, 문단의 배치와 나눔 등 형식을 갖추려 할수록 글은 균형이 잡힌다. 글의 균형은 사유의 균형이다. 사유의 균형은 궁극적으로 마음의 균형을 가져온다. 그런 뒤에야 글의 다채로운 변주가 가능해진다. 《물고기는 존재하지 않는다》의 룰루 밀러는 엄청난 작가였던 것이다. 들도 보도 못한 변주를 했으니.

글쓰기는 세상을
넓혀가는 일

아이는 자신의 세상을 어떻게 넓혀나갈까. 한 아이의 엄마가 되었을 때 나는 마치 이 세상을 중계방송 하듯 아이를 졸졸 따라다니며 보이는 것들을 하나하나 설명해주었다. 저건 신호등이야. 초록색일 때 건너는 거지. 저기 오는 건 자동차. 자동차는 조심해야 돼. 개미떼가 지나가네. 나비가 팔랑팔랑 날아간다…. 아이가 알아듣든 말든 나 혼자 열심히 떠들어댔다. 지나가는 사람들이 이상하게 쳐다볼 정도로. 지인이 어지간히 떠든다고 혀를 내두를 정도로. 내가 이렇게 한 건 아이가 빨리 언어를 깨우치기 바랐기 때문이다.

아이를 갖기 전부터 내게는 꿈이 하나 있었다. 아이와 언제든 함께 마주 앉아 세상만사에 대해 이야기를 나누는 꿈. 요상

하든, 괴상하든, 엉뚱하든 상관없이 어떤 이야기도 꺼낼 수 있는 가정을 만들고 싶었다. 세상에서 가장 말이 잘 통하는 엄마가 되고 싶었다. 그런 순간이 빨리 다가오기를 바라는 마음에 수다쟁이 엄마를 자처한 것이다. 그래서인지 우리집 아이들은 엄청난 수다쟁이다. 떠들지 않는 순간이 없을 정도로 종일 조잘댄다. 무슨 할 말이 그리 많은지.

아이를 키우다 보면 아이의 세상은 언어와 함께 넓어진다는 사실을 절절히 체감한다. 아이는 내가 하는 말을 다 알아듣진 못해도 빠르게 흡수하면서 자신의 세계를 확장해나간다. 아무리 어려운 단어라 해도 아이는 거리낌 없이 자신의 것으로 받아들인다. 아이가 자라면서 흐릿한 의미들은 점점 또렷한 형상으로 변해간다. 아이의 세상이 꽤 넓어진 어느 날 내 중계방송은 끝이 났다. 하지만 여전히 아이들은 혼자 책을 읽다가 불쑥불쑥 새로운 단어의 의미를 내게 물어온다.

얼마 전에는 안락사가 뭐냐고 물었다. 아이가 좀 어려워할 수 있어 적당한 선에서 설명해주었다. 아이는 내게 되물었다. "자살이랑 같은 거 아냐?" "그렇게 생각할 수도 있지. 하지만 안락사는 자살과는 좀 달라." 내 설명이 이어졌고 아이는 묵묵히 내 이야기를 들었다. 그리고 마지막에 내게 하는 말. "엄마는 안락사하면 안 돼. 나랑 오래오래 같이 살아야 돼." 아이의 말에는 자주 진심이 툭 담긴다. 습관처럼 하는 "사랑해"라는 말에도 힘이 실리는 건 아이들의 순수한 진심 때문. 나는 알겠다고 약속하면서 아이의 세상이 이 대화로 한 뼘쯤 더 커졌을까? 생각했다.

한 인간의 최초 기억은 언어와 관련이 있다고 한다. 언어가 어느 정도 머릿속에 체계를 잡은 뒤에야 장기기억이 뇌에 새겨진다는 것이다. 최초의 기억이 보통 4~7세인 걸 보면, 어느 정도 언어를 구사할 수 있어야 기억이 생성된다는 걸 알 수 있다. 이처럼 말과 글을 배우는 건 단순히 하나의 언어를 익히는 것을 뛰어넘는 의미를 지닌다. 아이가 언어를 통해 기억을 늘리고 자신이 이해할 수 있는 세상의 범위를 넓히는 것처럼, 새로운 언어를 배우면 그 언어를 사용하는 문화권의 특성을 알게 되는 것처럼, 신조어를 알면 최신 흐름을 익히게 되는 것처럼 사용할 수 있는 언어를 늘리는 건 곧 자신의 세계를 확장하는 방법이다.

글을 쓰면서 자주 사전을 뒤적인다. 좀더 적확한 표현, 다채로운 표현을 쓰고 싶어서다. 아무리 익숙한 단어라 해도 글을 쓰려고 하면 의미가 불분명하게 느껴질 때가 있다. 잘 알고 있던 단어도 뜻을 말해보라 하면 선뜻 떠오르지 않는다. 그럴 때 사전에서 뜻을 찾아보면 단어가 생경하게 다가온다. 입을 벌려 소리를 내보면 마치 처음 알게 된 듯 낯설어 입안이 버석거린다. 사전에는 명확한 의미가 새겨져 있기에 내가 알던 두루뭉술한 의미에 자를 갖다 댄 듯한 느낌이 드는 것. 단어의 뜻이 명료해질수록 내가 마주하는 세상의 해상도도 밝아진다.

일례로 '욕심'을 국립국어원 표준국어대사전에서 찾으면 "분수에 넘치게 무엇을 탐내거나 누리고자 하는 마음"이라고 나온다. 유의어에는 욕망, 탐욕, 과욕, 야욕 등이 있다. 언뜻 비슷해 보이지만 단어마다 미세하게 의미가 다르다. 욕망은 "부족을 느껴 무엇을 가지거나 누리고자 탐함"으로, 욕심에 비해 분수에 넘친다는 의미가 포함되지 않는다. 반면 탐욕은 "지나치게 탐하는 욕심"이라는 뜻으로, 욕심보다 과한 상태를 이른다. 단어의 뜻을 명확히 알고 내면을 들여다보면 내 안에 자리하고 있는 게 욕망인지, 욕심인지, 탐욕인지 가려진다. 단어의 의미만이 아니라 내 마음의 의미도 알게 되는 것.

글쓰기 모임에서 글감으로 '휴식'이 뽑혀 사전적 의미를 찾아본 적이 있다. 휴식은 그저 쉼이라고 적혀 있을 거라는 내 예상은 보기 좋게 빗나갔다. '휴식'의 정의 안에는 반의어라고도 할 수 있는 '일'이 들어가 있었다. "하던 일을 멈추고 잠깐 쉼", 이게 바로 휴식의 정의다. 나는 이 문장에서 노동의 가치를 엿본다. 일상의 소중함을 감지한다. 결국 쉰다는 건 다시 일상으로 잘 돌아가기 위해서, 다시 잘 일하기 위해서가 아닐까. 꼭 돈벌이가 아니더라도 개인적으로 의미를 느끼는 일이나 일상의 소소한 일들도 이 일의 범위에 포함될 것이다. 이렇듯 휴식의 의미는 휴식을 넘어 일의 의미까지 일으켜 세운다.

휴식을 지나 '삶'의 정의도 찾아보았다. '삶'의 뜻은 "사는 일" 또는 "살아 있음"이다. "목숨" 또는 "생명"이라는 의미도 지닌다. 삶의 뜻에는 반의어인 '죽음'의 그림자가 짙게 드리워 있다. 삶이 있는 것들을 우리는 '생물'이라 부른다. 무생물에게 삶이 있다고 말하지 않는다. 죽음이 없다면 삶도 없다. 삶은 아이러니하게도 죽음이 있기에 존재한다. '살아간다'는 말은 '죽어간다'는 말과 같다. 살아간다는 말도 울림이 있지만, 죽어간다고 바꿔 쓰면 그 울림은 배가 된다. 의미가 머리에만 머무는 게 아니라 가슴을 파고든다. 똑같이 살아가지만 결국 죽는다는 걸 상기하면 일 분도 허투루 쓰고 싶지 않다는, 더 소중한 것들에 시간을 할애하고 싶다는 생각의 전환이 일어난다.

글을 잘 쓰고 싶어서, 단어의 의미를 더 명확히 알고 싶어서 사전을 들여다봤을 뿐인데, 들여다볼수록 세상이 선명해진다. 삶의 의미가 또렷해진다. 모든 단어는 의미를 지닌다. 의미가 있어야 비로소 함께 쓰는 하나의 단어가 된다. 글을 쓰는 건 더 많은 낱말을 내 안에서 소화하고 내뱉는 과정이다. 자신의 사전을 검토하고 부족한 부분을 채워가며 내 안에 쌓인 말들을 더 적확한 언어로 배출하는 것이다. 세상에는 차마 언어로 표현할 수 없는, 형용할 수 없는 부분들이 많지만, 그럼에도 꿋꿋하게 내 생각을 전달하고자 글자를 가지고 끙끙대는 일이 바로 글쓰기다.

글을 쓸수록 세상은 넓어진다. 마치 아이가 언어를 배움으로써 자신이 이해할 수 있는 세계를 넓혀가듯, 어른의 글쓰기도 마찬가지. 어른이라 해서 새로운 언어를 익히지 않아도 되는 건 아니다. 신조어는 항상 등장하고, 세상은 점점 빨리 변해간다. 기존에 알고 있던 단어도 뒤집어봐야 한다. 현미경으로 들여다보고 명확한 뜻을 익히고, 거기에 자신만의 정의를 덧대보기도 해야 한다.

외국어 공부를 할 때 단어를 많이 알면 나눌 수 있는 대화의 폭이 커지는 것처럼, 새로운 언어의 습득만으로도 생각의 범위와 이해할 수 있는 세상의 크기가 한껏 확장된다. 기존에 알고 있던 단어의 다양한 활용법을 익혀도 대화는 더욱 원활해진다. 이해하고 받아들일 수 있는 세상이 넓어진다는 건 한 사람의 포용력이 커진다는 말과 같다. 세대와 지역별로 다른 언어를 익히는 건 결국 세대와 지역을 뛰어넘는 이해를 꾀하는 일이 아닐까. 개개인이 모여 사회를 이루듯, 글쓰기는 단어의 조합으로 완성된다. 글쓰기가 바로 자신의 세상을 확장해가는 일, 사회의 포용력을 넓히는 일인 이유다.

다시 아이가 된다

보호자 동아리 회의에 불참했다. 매주 수요일 학교에서 아이들에게 책을 읽어주고 나면 회의를 하는데, 이번 주에는 빠졌다. 이유는 병원을 다녀와야 하기 때문. 당연한 일인데도 나는 이런 상황에서 빠진다는 말을 잘 못하는 사람이었다. 꾸역꾸역 해야 할 건 다 해내는 사람. 그 뒤에 시간이 남으면 그제야 정신없이 몰아치듯 내 일을 해치우는 게 미련한 나란 사람이다. 오랜 시간 내게 우선순위는 철저히 타인이었다.

삶을 다시 배우고 있다. 거절하는 방법을 익히는 중이다. 내가 감당할 수 없는 일이 쏟아졌을 때 선 긋기. 그건 제가 할 수 없어요, 하며 이유를 설명하고 빠져나오기. 뒤에서 잡음이 들린다 해도 신경 쓰지 않기. 잡음은 생성한 사람의 탓이지 내 탓이 아니니. 타인의 칭찬을 의연하게 받아들이는 것도 연습하고 있다. 예전에는 누가 나를 칭찬하면 고개를 들지 못했다. 에이 아니에요, 제가 뭘요. 뒤따르는 부끄러움 가득한 언어. 이제는 누가 칭찬을 하면 당당히 말하려 한다. 감사합니다!

배려에 대해서도 정의를 다시 내린다. 배려는 타인을 너무 많이 신경 쓰는 게 아니라 관심을 적당히 두는 것이라고. 손님이 오면 상다리가 부러질 듯 한 상을 차려내야 했던 나는, 이제 손님이 오면 대접에 크게 신경 쓰지 않는다. 입장을 바꿔 생각해보면 갈 때마다 진수성찬인 집은 불편하다. 그저 있는 것 몇 개 내어놓는 상, 그저 같이 한술 뜨고 마는 집이 오히려 마음이 편하다. 종종 집에 놀러 와 묵고 가는 동생이 하나 있다. 방 하나만 내어주고 다른 건 신경 쓰지 않는다. 알아서 먹겠거니, 알아서 오고 가겠거니. 동생이 말한다. 친누나네보다 이 집이 더 편해.

아이들은 자주 다툰다. 싫고 좋은 게 분명하기 때문이다. 첫째가 하자는 놀이를 둘째는 거부한다. 둘째가 하고 싶어 하는 놀이를 첫째는 싫어한다. 그러니 둘은 매일 티격태격. 의견이 맞는 날이면 언제 그랬냐는 듯 서로 웃고 떠들며 장난을 친다. 아직 사회화가 덜 된 아이들을 볼 때면 양가적인 마음이 든다. 싸움이 너무 잦아질 때는 힘들지만, 있는 그대로 자기 마음을 표현하는 모습을 보면 부럽기도 하다. 나는 그래본 적이 얼마나 될까.

어른이 된다는 게 자기 의사를 명확히 표현하지 못하는 사람이 되는 건 아닐 텐데. 일찍 애어른이 된 나는 의사 표현하는 법을 잘 몰랐다. 타인 앞에서 늘 미소 짓고 긍정하는 사람으로 아주 오래 살았다. 거절할 줄 모르고, 온갖 정성을 다해 배려하고, 칭찬을 받으면 몸이 배배 꼬였다. 아이들을 보면서 당당하게 자기 의사를 표현하는 모습을 나도 배운다. 거절이 꼭 나쁜 것만은 아니라는 걸, 칭찬을 당당히 내 것으로 받아들일 줄도 알아야 한다는 걸 알아간다.

다시 아이가 되어가고 있다는 생각을 종종 한다. 세상이 흥미로워 공부가 재미있다. 타인의 눈치를 덜 보기 시작하면서 내 의사를 표현하는 데 크게 망설이지 않게 되었다. 싫은 소리를 들어도 금세 잊어버리려 한다. 고칠 게 있으면 바로 고치려 노력하고, 걸러야 할 말이라면 흘려버린다. 여전히 삐걱대지만 노력하다 보면 조금씩 나아질 거라 믿는다. 왜 이오덕 선생님이 "아이를 믿고 아이에게 배워라"라고 했는지, 왜 성경에 "너희가 돌이켜 어린아이들과 같이 되지 아니하면 결단코 천국에 들어가지 못하리라"는 말씀이 적혀 있는지 조금은 알 것 같다.

연세가 지긋한데도 아이의 눈빛을 지닌 사람들이 있다. 작은 것에도 놀랄 줄 알고, 미안함과 감사함을 표현하는 데 인색하지 않으며, 누구에게 무엇이든 배우려는 사람들. 내면의 아이를 잃지 않는 사람들. 나도 그런 사람으로 늙어가고 싶어 내 안의 어린아이를 자꾸 어루만진다. 아직 살아 있어도 된다고. 더 배우고 깨우치며, 더 감동하고 더 순수하게 사랑하며 살아가자고. 그러면 분명 삶이 더 풍요로워질 거라고. 삶은 아이 같은 마음으로 살아갈 때 비로소 온전히 누릴 수 있는 것이라고. 그렇게 나는 다시 아이가 된다.

흔들리는 아름다운 삶을 떠올린다

캄캄할 때 귀가하는 게 당연하던 시절이 내게도 있었다. 해가 있을 때 집에 돌아가는 게 금기라도 된다는 듯 당연히 약속을 잡고 으레 누군가를 만났던 시간들. 도시의 밤은 늘 분주했다. 네온사인은 반짝였고 거리는 소란스러웠다. 누군가는 크게 웃고, 누군가는 목놓아 우는 도시의 밤. 그 어지러운 밤이 이따금 그리웠다.

친구와 커피를 홀짝이며 서로의 사랑과 고민을 이야기하고, 낯선 이들과 서로 눈빛을 주고받으며 사랑의 기대를 안은 채 술을 마시고, 고막을 터뜨릴 듯 흐르는 음악에 취해 흘러가듯 몸을 흔들며 탕진한 시간들이 내게도 있었다. 그렇게 시끌벅적한 도시의 밤거리를 누비다 집으로 터벅터벅 돌아오던 길은 유독 공허했다. 깊은숨을 검은 공기 속으로 내뿜을 수 있는, 요동치는 몽글몽글한 가슴을 애써 가라앉히는 시간이기도 했다. 그렇게 밤공기를 가르며 하루를 닫았던 청춘의 시간들.

오랜만에 홀로 서울의 밤거리를 걸었다. 십 년만인가. 여전히 거리는 흥을 주체하지 못하는 사람들로 넘쳤고, 만남을 반기고 작별을 아쉬워하는 수많은 사람의 숨으로 가득 차 있었다. 반짝이는 거리들을 가만가만 눈에 담으며 방황으로 점철된 지난날들을 떠올렸다. 지금보다 화려했지만 텅 비어 있었던 그때의 나. 결국 남루해도 내면을 채우고자 길을 떠났던 경계선상의 나까지.

이십 대에 더 많은 책을 읽고, 더 다양한 음악을 듣지 않은 걸 이따금 후회하곤 했는데, 밤길을 걷다 보니 그 시절의 방황은 그 자체만으로도 반짝였다는 걸 깨닫는다. 후회, 집착, 방황, 분노에도 그저 존재 자체로 빛나는 것, 그런 게 청춘인 걸까. 늘 아팠던 기억이 선명해 떠올리지 않으려고 발버둥을 쳐왔는데, 청춘은 결코 푸르지 않다며 그 시절의 미숙한 나를 학대하곤 했는데. 시간은 기억을 왜곡하는 걸까, 체로 걸러 굵고 오롯한 입자들만 남기는 걸까. 왜 나는 이제와 내 청춘을 아름답다고 말할까.

내가 사는 섬의 밤은 고요하다. 일곱 시만 넘어도 거리에서 사람을 볼 수 없다. 가게 문은 빨리 닫히고 사람들은 일찍 귀가해 거리 대신 집을 환하게 밝힌다. 섬에 온 뒤로는 어두워지면 집에 머무는 게 당연하다는 듯 살아왔다. 아이를 낳고 키우면서는 더더욱 아이들의 이른 취침 시간에 맞춰 모든 일상을 조정해야 했다. 도시의 밤은 그렇게 내게서 서서히 잊혀갔다. 아팠던 기억도, 찬란한 추억도 모두 어딘가에 묻어두고 그렇게 오늘만 살았다.

그러다 도시의 밤을 만났다. 내가 만난 건 단지 도시의 꺼지지 않는 불빛이 아니라 어쩌면 영원히 꺼질 수 없는 흔들리는 청춘의 민낯인지도 모른다. 그 흔들림조차 보듬을 수 있는 나이가 된 걸까. 기억이 왜곡돼 아름다움만 걸러진 탓일까. 청춘이 내 안에서 푸르게 되살아난다. 과거가 달라진 건 아닐 텐데. 현재의 내가 바뀌니 과거를 기억하는 내가 변화한 걸까.

작은 상처에도 진저리를 쳤던, 모든 게 흐릿하기만 했던, 그럼에도 지치지 않았던 시간들 속의 나를 끄집어내 어루만져

주고 싶다. 흔들리지만 뿌리째 뽑히지 않아 다행이라고. 그 시절 그렇게 사랑하고, 그렇게 방황하고, 그렇게 아파했기에 지금의 단단한 내가 되었다고. 나는 도시의 밤으로 각인된 그 시절의 나를 와락 껴안는다.

젊은 날의 삶은 다른 삶을 준비하기 위한 삶이기만 한 것이 아니라, 그 자체를 위한 삶이기도 하며, 어쩌면 가장 아름다운 삶이 거기 있기도 하다.

*황현산,《밤이 선생이다》중에서

오늘도 나만의 집어등을 밝힙니다

오늘도 카페 문을 열었다. 이른 아침 마주 앉아 날씨를 확인하며 빵을 오물거리던 가족은 일터와 학교와 어린이집으로 떠났다. 홀로 남은 나는 주섬주섬 손님 맞을 준비를 한다. 문을 열자마자 하는 일은 조명 밝히기. 낮에도 불을 켜는 건 멀리서 봐도 저곳이 영업 중이라는 걸 알리기 위해서다. 카페 조명은 전구색이다. 켜자마자 온갖 잡티가 다 보이는 가차 없는 주광색이 아니라, 켜놓으면 순식간에 아늑하고 포근해지는 전구색. 전구색은 영어로 'warm white'고, 주광색은 'cool white'다. 따뜻한 하양, 차가운 하양이라니. 온도를 담은 이름이 색을 지칭한다는 게 흥미롭다.

화창한 날에는 조명을 켜둔 게 티가 나지 않는다. 햇빛이 창을 통해 사정없이 밀려드는 통에 조명 색이 다 날아가버려서다. 같은 불빛이어도 흐린 날이나 비 오는 날은 사뭇 다르다. 햇빛이 잠잠해진 틈을 타 조명 빛은 제자리에서 은은하면서도 강렬하게 존재감을 뿜어낸다. 오늘은 불빛이 화창한 날과 비 오는 날 중간 어디쯤이다. 시간이 흐를수록 조명 색감이 선명해진다. 카페 전체를 노란 불빛이 따스하게 감싼다. 오픈하며 내가 상상했던 분위기는 이게 아닌데.

아니나 다를까, 고개를 들어 하늘을 바라보니 그새 먹구름이 잔뜩 끼어 있다. 어디서 이렇게 밀려온 거지. 이 정도면 비가 곧 오겠는데. 생각하기가 무섭게 굵은 빗방울이 하나둘 떨어지기 시작했다. 서둘러 날씨 어플을 켜니, 해가 난다던 날씨는 온데간데없고 비와 번개 표시로 바뀌어 있다. 비의 양이 적지 않다. 빗줄기는 점점 거세진다. 차마 우산을 준비하지 못한 행인이 서둘러 골목을 지나고, 흙 내음이 바람을 타고 콧속으로 빨려 들어온다. 누가 섬 아니랄까 봐.

오늘과 달리 어제는 종일 바람 한 점 없는 날이었다. 바다가 잔잔하다 못해 호수 같았다. 파도 높이는 5센티미터나 될까. 아무리 바람이 없는 날이어도 바닷가 인근에는 어느 정도 바람이 불기 마련인데, 어제 오후에는 그마저 쉬어갔다. 부둣가에 의자를 펴놓고 한가로이 수다를 떠는 사람들을 보면서, 나무 이파리들이 공기 중에 정지되어 있는 걸 보면서 섬에서 이런 날이 일 년에 몇 번일까 가늠해보았다. 아마 한 손에 꼽히겠지. 그런 날이었다. 보기 드문 귀한 날. 바람 없는 무탈한 날.

오랜만에 해안도로를 타고 집으로 돌아오는 길이었다. 섬에 살아도, 지척이 바다여도 일상에 치이다 보면 바닷길을 택하는 경우는 드물다. 해안도로로 갈까? 바람이 정말 없다는 내 말에 아이들이 묻는다. 엄마는 바람이 없는 걸 어떻게 알아? 나뭇잎이 흔들리지 않아서 알지. 벌써 고기잡이 배들이 불을 켜네. 아이들은 내 손가락 끝을 따라 바다 저 너머로 시선을 옮긴다. 아이들이 묻는다. 한치잡이 배야? 그런 것 같은데. 벌써 한치 잡을 때가 됐구나. 불을 켜면 고기들이 막 몰려오는 거야? 오징어나 한치 같은 몇몇 종류만 그래. 그래서 저렇게 밝게 불을 켜는 거지.

어선이 켜는 불을 집어등이라고 한다. 먼바다에 집어등이 켜지면 여름이 가까워졌다는 걸 느낀다. 불 켜진 배들의 숫자가 줄어들면 가을이 오고 있음을 알게 되고. 섬 살이를 하다 보면 육지와는 좀 다른 방식으로 계절을 알아챈다. 먼바다에 불 켜진 배를 바라보는 건 바다 근처에서만 누릴 수 있는 낭만 한 조각. 집어등은 따뜻한 전구색이 아니라 쨍한 주광색이지만 멀리 있기 때문일까, 칠흑 같은 밤바다를 수놓기 때문일까, 전혀 차갑게 느껴지지 않는다.

아련한 눈길로 불빛들을 바라보다 배 위에서 벌어지고 있을 일들을 떠올려보았다. 멀리서 보면 평화롭지만, 배 안에서는 어부들이 한바탕 전쟁을 치르고 있겠지. 파도와 날씨와 체력과 한치와 씨름하며 고된 밥벌이를 하고 있겠지. 물고기가 많으면 많아서, 없으면 없어서 힘겨운 하루일 테지. 인생은 가까이에서 보면 비극이고, 멀리서 보면 희극이라는 찰리 채플린의 말이 이처럼 잘 맞아 떨어지는 순간이라니.

그러고 보니 나도 매일 불을 밝히고 있었구나, 나만의 집어등을 켜고 있구나, 한낮에도 내 배에 불을 환히 밝히곤 변함없이 공간이 열렸음을 알리고 있었구나 싶었다. 습관처럼, 관성처럼 하루하루를 살아간다. 똑같이 반복되는 하루지만 어떤 날은 날이 좋아 손님이 많고, 어떤 날은 날이 좋아 손님이 없다. 비 오는 날도 마찬가지. 어떤 날은 비가 와서 손님이 많고, 어떤 날은 비가 와서 손님이 없다. 그러니까 모든 건 날씨 탓. 하늘에겐 미안하지만 그게 내가 또 하루를 보내는, 견디는 방법이다.

어떤 가게든, 누구의 삶이든 올라갈 때가 있으면 반드시 내려올 때가 있다. 한창 분주한 시절을 보낸 뒤 점점 기울어가는 가게를 운영하던 엄마는 가게를 종일 지키며 내게 말했다. 지옥 같아. 발길이 뜸해지는 손님을 하염없이 기다리며 유리 한 장의 벽으로 길고 긴 겨울의 매서운 바람에 맞서던 엄마. 내 자리를 지키며 나는 나도 모르게 엄마가 홀로 견뎠을 숱한 날들을 떠올린다. 엄마는 그 지옥의 날들을 버티고 버티다 오십 대에 이른 은퇴를 했다.

엄마를 떠올리며 내 자리를 생각한다. 나는 올라가고 있는 걸까, 내려가고 있는 걸까. 곧 문을 연 지 십 년이니 올라가기보다는 내려가고 있는 게 맞을 것이다. 그런 나는 왜 이 배에서 뛰어내리지 않고 꾸역꾸역 불을 밝히는 걸까. 더 환하고 강렬한 불빛을 향해 사람들이 몰린다는 걸 알면서도. 내 장사를 시작하고서야 어떤 허름한 가게도 얕잡아보지 않게 되었다. 장사가 잘 되면 잘 돼서 우러러봤고, 장사가 안 되면 버티는 힘이 궁금해 다시 쳐다보게 되었다.

멀리 있는 누군가의 눈에는 이런 나도 여름날 밤바다를 환히 밝히는 한치잡이 배처럼 낭만으로 보이겠지. 섬으로 도망가더니 여전히 카페 불을 밝히며 평화롭게 살고 있다고. 틈틈이 읽고 쓰고 사유하지 않았다면 내 일상 역시 지옥이었을 것이다. 손님이 많으면 많아서 힘들고, 없으면 없어서 힘들었겠지. 매일 읽고 쓰고 사유하는 삶으로 건너간 뒤에야 손님이 많든 적든 일희일비 하지 않게 되었다. 이따금 흔들리지만 이전처럼 바닥을 치는 일은 많이 줄었다. 엄마도 읽고 썼다면 덜 외로웠을 텐데. 천국은 아니더라도 적어도 지옥에 다다르지는 않았을 텐데.

누구나 자신만의 집어등을 켜고 하루를 살아간다. 아무리 불빛이 밝다 해도 그 안의 삶이 쉬울 리 없다. 그러니 저 사람은 세상 편하게 산다고 드러나는 모습만으로 함부로 단정하지 않기로 한다. 나만 왜 이리 힘드냐며 지나친 자기연민에 빠지는 것도 금물이다. 다만 아무리 발밑이 지옥 같더라도 내 삶을 조금 멀리서 바라보는 여유를 갖고자 한다. 먼 훗날 바라보면 이 시간들은 가장 찬란하게 빛나던 한때인지도 모르니. 너무나 그리워질 한순간일지도 모르니. 그렇게 나는 오늘도 내 자리를 지킨다. 버틴다. 살아낸다.

가난을 선택한 삶

얼마 전 남편의 면접 날이었다. 남편은 십 년 전 결혼 때 장만한 양복을 오랜만에 꺼내 입었다. 섬마을로 이주해 살다 보니 딱히 지인들 경조사에 갈 일이 없어 아이들 돌잔치 외에는 꺼내 입지 않은 양복이었다. 섬이라서 습도가 높아 옷에 자주 곰팡이가 스는데, 다행히 양복 상태는 양호했다. 말아서 보관해둔 벨트를 오랜만에 꺼내니 툭툭 가죽 끊어지는 소리가 났다. 외관상 별로 문제는 없어 보여 허리에 감고 남편은 그렇게 집을 나섰다.

문제는 엉뚱한 데서 벌어졌다. 신발 역시 곰팡이가 자주 나서 한 번씩 대대적으로 숙청하듯 갖다 버리곤 한다. 그러다 보니 남편에게 남은 구두는 십 년 전 결혼 때 장만한 딱 한 켤레뿐이었다. 결혼해 십 년 동안 열 번도 신지 않은 구두였다. 구두는 말짱해 보였다. 그런데 막상 신으니 뒷굽이 바스러졌다. 오랜 시간 습기를 머금으면서 강도가 약해진 것. 남편이 걸을 때마다 뒷굽에서 검은 가루가 뚝뚝 떨어졌다. 생전 처음 보는 광경이었다. 면접 시간이 얼마 남지 않았고 주변에 마땅히 구두를 살 만한 곳도 없어 남편은 다 낡은 구두를 신고 집을 나섰다.

남편은 언제부턴가 미용실을 가지 않는다. 집에 있는 이발기로 직접 머리를 자른다. 자영업을 시작하고 머리 스타일에 신경을 쓰지 않다 보니 스스로 이발을 하기 시작했다. 숱도 많이 적어져 남편의 머리는 점점 짧아진다. 스님 같은 머리 스타일의 남편이 바스러지는 구두를 신고 면접 가는 걸 보고 있자니, 피식 웃음이 나왔다. 예전처럼 도시에 살았다면 상상할 수 없는 장면이었겠지. 남편은 자신이 걸어가는 길을 따라 검은 가루들이 떨어져 민망했다는 다소 코미디 같은 면접 후기를 전했다.

섬에 살면서 한 번씩 지인들이 찾아오면 으레 집안을 둘러보고 간다. 그럴 때마다 집안 살림은 여지없이 공개된다. 쾌

적한 삼십 평 이상의 아파트에 사는 지인들이 대부분이다 보니 자연스레 비교가 되리라는 걸 잘 안다. 초라하기 짝이 없는 살림살이와 시골집 한 채. 그게 내가 가진 전부다. 섬에 산다는 이유로, 집과 가게가 가깝다는 이유로 원하든 원치 않든 그렇게 내 살림은 자주 타인에게 공개된다. 그럴 때마다 내가 할 수 있는 건 내 마음이 흔들리지 않도록 다잡는 것뿐.

나는 한때 중산층 가정의 딸이었다. 스물셋 나이에 내 차를 가졌고, 남들이 부러워할 만한 동네의 커다란 아파트에 살았다. 엄마의 부동산 보는 눈이 남달라 집안 형편은 점점 나아졌다. 나는 그저 그런 부모에게 얹혀살았을 뿐인데, 어느 순간부터 사람들은 나를 달리 바라봤다. 소개팅을 하면 강남 토박이들이 나왔고, 누구든 나를 데려갈 거라 농담하는 사람이 늘어갔다. 처음에는 그 시선을 은근 즐기기도 했지만 어느 순간부터 불편해지기 시작했다.

부모의 지인들은 대놓고 시기를 했다. 형제자매도 다르지 않았다. 조부모님의 장례를 치를 때마다 불협화음이 이어졌다. 몇 푼 되지 않는 돈으로 아귀다툼을 벌이고 철면피를 쓰는 어른들을 보면서 나는 절대 부모의 돈을 탐하지 않으리라, 가족이든, 친척이든, 지인이든 나보다 잘 살더라도 시기하지 않으리라 굳게 다짐했다. 돈 앞에서 초라해지고 싶지 않았다.

우리 집 형편이 나아지던 때는 나에게는 가장 암울한 시기이기도 했다. 널따란 아파트에는 늘 술 냄새와 신세한탄만 가득했다. 집을 나서면 모두들 나를 부러워했지만 집 안에만 들어서면 나는 미칠 것 같았다. 그때부터였다. 가난하더라도 행복한 집에서 살고 싶다 생각한 게. 돈 따위 아무 소용없는 것이라 여긴 게.

남편과 결혼을 결정하면서 나는 남편의 대학이나 연봉을 묻지 않았다. 남편의 집은 서민 중의 서민이었고 우리는 간신히 가진 돈으로 전셋집을 마련해 결혼할 수 있었다. 결혼식장도 집 근처 자리가 남는 아무 곳이나 잡아 식을 올렸다. 결혼식장 수준으로 집안의 부를 가늠하는 결혼문화가 싫었다. 그 시절 주례사에는 학벌과 직장이 당연하게 들어가곤 했는데, 그것도 모두 빼달라고 간곡히 부탁했다.

살림살이 마련에도 큰 신경을 쓰지 않았다. 남편이 쓰던 물건과 내가 자취하며 쓰던 물건을 합쳤고, 몇 가지는 새로 장만했다. 기호라는 게 따로 없어 엄마가 꼭 필요하다고 하는 물건은 그냥 구입했다. 잡음을 만들고 싶지 않았다. 혼수나 예물은 최소한으로 줄였다. 결혼이라는 의식을 빨리 해치우고 싶었다. 내게 결혼은 어쩔 수 없이 타협해 실현해야만 하는 전통이었다.

이따금 나는 가난을 선택했다고 생각한다. 누군가가 들으면 욕을 할지도 모르지만, 그 시절 나는 그랬다. 서로의 부를 전시하고 시기하면서 연신 입방아에 올리는 사람들 틈에 있는 게 너무 버거웠다. 아이의 학교는 꼭 이 학군으로 보내야 하고, 이 나이쯤 되면 어떤 차를 끌어야 한다고 말하는 사람들. 수도권에 산다고 모두 그런 건 아니지만 나는 그런 사람이 비교적 많은 곳에 있었고, 그걸 잘 견디지 못했다. 섬으로 온 건 물리적인 거리를 둠으로써 그 사회로부터 멀어지고자 한 내 의지이기도 했다.

많이 가진 적이 있기에 내려놓을 수 있었다는 걸 안다. 어떻게든 내가 부모를 부양해야 했다면 나만의 삶을 선택할 수 없었다는 것도 잘 안다. 재테크에 부러 관심을 두지 않고 십 년을 살았다. 돈을 좇고 싶지 않았다. 자영업을 하다 보니 매달 같은 금액을 저축할 수 없어 돈은 남으면 남는 대로 따로 떼어내 저축한다. 돈은 불기도 하지만 비수기를 지나며 사라질 때가 더 많다. 빚이 더 늘어나지 않으면 다행이라고 여긴 지 오래다. 남에게 손만 내밀지 않으면 된다고 생각하며 살아왔다.

아이들이 자란다. 무리하지 않고 형편에 맞춰 키울 생각이지만, 돈에 대해 어느 정도는 가르쳐야 한다는 걸 체감한다. 내 안의 돈도 아직 제대로 정의하지 못했는데 돈을 가르쳐야 한다니. 어른이 되지 못한 사람이 어른 행세를 하려니 힘에 부친다. 요즘은 돈의 속성이나 투자에 대해 가르치는 부모는 많지만, 돈을 대하는 자세와 생각에 대해 가르치는 부모는 별로 없는 것 같다. 돈은 무조건 많은 게 좋다고 말하는 어른들. 쉽게 버는 돈도 마다하지 않는 사람들. 돈은 현실이니 외면하면 안 되지만 너무 돈만 좇는 삶은 공허하기만 하다.

술은 적당히 마시면 기분이 좋지만 지나치면 건강에 해롭다. 어른이 되어가면서 술에 대해 제대로 배우는 건 참 중요하다. 술은 법이 허락한 마약이기에 한 사람과 한 가정을 파괴할 수도 있는 위력을 지녔다는 사실을 인지해야 한다. 술처럼 돈도 배워야 한다. 자본주의 사회에서 돈은 없어서는 안 되는 중요한 것이지만 지나치게 돈만 바라보면 삶은 망

가진다. 삶을 위해 돈이 있는 것이지, 돈을 위해 삶이 존재하는 건 아니니.

아이들을 키우다 보면 방치해둔 것도 억지로 꺼내어 재정립해야 하는 때가 반드시 찾아온다. 지금 내게는 돈이 그렇다. 아이들은 내 말보다 내 뒷모습을 보고 자랄 것이다. 어떻게 가르칠 것인가, 어떻게 보여줄 것인가, 그전에 나는 내 안의 돈을 어떻게 다시 일으켜 세워야 할까. 가난을 선택했던 지난 삶을 반추하며 늘 숙제 같은 질문을 던진다. 돈이란 무엇인가.

3장

쓰기보다 더 중요한 것

명함 한 장 없이
나로 설 수 있는 방법

공개적인 글쓰기에서 필요한 건 의연함

내가 불특정 다수를 대상으로 글을 쓰기 시작한 건 처음에는 먹고살기 위해서였다(오래전 일 때문에 쓴 글과 쓰는 사람이라는 자의식이 없던 시절에 쓴 글은 제외한다). 낯선 곳으로 이주해 와 작은 카페를 열었는데, 홍보를 위해 할 수 있는 게 별로 없었다. 결국 택한 건 블로그였다. 누가 볼지도 모르는데 글을 하나씩 올리기 시작했다. 카페를 완성해가는 모습도 올리고, 섬에서 카페를 운영하며 느낀 소소한 이야기를 적기도 했다.

블로그에 쓴 글이 꽤 많이 쌓였을 무렵 브런치를 시작했다. 블로그는 아무래도 장사를 위해 시작한 공간이다 보니 말을 걸

러야 할 때가 많았다. 브런치에 쓴 첫 글이 소위 대박이 났다. 발칙한 제목 때문이었다. "내게 딸은 필요 없다"라는 제목의 글이었는데, 운 좋게 포털에 올라가면서 수만 명의 사람이 내 글을 읽고 수십 명의 사람이 댓글을 다는 일이 벌어졌다. 아들만 둘이다 보니 "딸이 있어야 한다" "아들은 필요 없다"라는 말을 자주 듣곤 했는데, 그런 참견이 못마땅해 쓴 글이었다. 세상에 나와 비슷한 불만을 가진 사람이 그렇게 많다는 사실을 새삼 알게 되었다.

그 후로 몇 달 동안 글을 쓰지 못했다. 관심은 감사했지만 얼떨결에 받은 주목은 무서웠다. 온 세상 사람들이 나를 주시하는 것만 같았다. 당시 나는 글 쓰는 삶을 살고는 싶었지만 마음의 준비가 덜 된 상태였다. 내게 글쓰기는 기술의 문제가 아닌 내 삶을 광화문 네거리에 걸어놓는 일이었다. '그래도 글을 쓰겠냐'는 물음과 '그럼에도 왜 써야 하느냐'라는 질문을 붙들고 긴긴밤을 보냈다. 결국 글이라는 결론을 내리고 다시 용기를 내어 브런치에 두 번째 글을 올렸다.

이번에는 전혀 반응이 없었다. 읽는 사람 수는 많아야 열 명쯤. 세 번째, 네 번째 글을 썼지만 독자는 늘지 않았다. 허공에 혼잣말을 하는 기분이었다. 그제야 이전에 받았던 관심이 분에 넘치는 일이었다는 걸, 자주 오지 않는 행운 같은 일이었다는 걸 알았다. 나중에 안 일이지만, 누구나 공개적인 공간에 글을 쓰다 보면 잭팟이 터지듯 한두 번씩은 그런 대박 조회수를 기록하는 일이 생긴다. 그러다 악성 댓글에 시달리기도 하고, 밀도 높은 공감을 얻기도 한다.

쓰는 삶으로 나아가는 데는 글 쓰는 기술만 필요한 게 아니었다. 세상의 관심을 의연하게 받아들일 넉넉한 마음이 필요했다. 긍정의 관심만 있을 리 없다. 부정의 관여도 거슬리지만 무관심 역시 유쾌한 일은 아니다. 불특정 다수를 대상으로 자기 글을 쓴다는 건 때로 지독히 외롭고, 때로 무척 공허하며, 때로 참 힘겨운 일이다. 그러다 보면 예상치 못한 경이로운 순간을 맞이할 때도 있다. 내 글로 생각이 바뀌었다는 반응을 접하거나, 많은 위로가 되었다는 댓글을 만나는 일과 같은.

언제 어디에서 누구로부터 어떤 반응을 얻게 될지는 모른다. 그 어떤 종류의 관심이라도 차분히 받아넘길 수 있어야 한다. 이는 마치 고군분투하며 사회생활을 하고 있는 우리 모습과 꼭 닮았다. 타인이 내게 보여준 말이나 표정, 행동으로부터 지속적으로 상처받는 사람들. 그 상처에 매몰되면 삶은 길을 잃는다. 사람은 사회적 동물이니 타인과의 관계를 아예 끊을 수는 없다. 적당히 듣고 흘려버리는 지혜가 필요하다. 의연하게 웃어넘기고, 자신이 믿고 깨달은 신념들로 채워가는 삶을 살아야 길을 잃지 않는다. 글도 매한가지다.

모든 계급장을 떼고
소통하는 세상

매일 쓰는 삶으로 건너가겠다 마음먹은 뒤에도 불특정 다수를 향해 공개적인 글을 썼다. 새로 오픈한 플랫폼이었는데, 처음에는 분위기를 잘 몰라 조심스럽게 짧은 글들을 주로 썼다. 그러다 어느 순간부터 마음을 다잡았다. 글을 하나하나 작품으로 대하자고. 이름난 작가는 아니지만 내 글은 내게 소중한 자식과 같으니 매번 작품을 쓴다는 마음으로 정성을 다하자고.

책을 낸 적도 없고, 번드르르한 이력이 있는 사람도 아니다 보니 초창기에 내게 관심을 두는 사람은 거의 없었다. 하지만 내가 내 글을 작품으로 대하기 시작하자 조금씩 변화가 일어났다. 사람들이 점점 내 글을 눈여겨보면서 팔로워가 하나둘 늘었다. 플랫폼도 그런 내 정성을 알아보았는지 메인에 글을 하나씩 실어주었다. 꿈같은 날들이었다.

생김도, 이력도, 직업도, 지역도, 나이도 보이지 않는 곳에서 글만으로 눈에 띄는 경험은 황홀했다. 그곳은 내가 바라던 세상과 닮아 있었다. 어떤 과거를 가졌든, 어떤 스펙의 사람이든, 어떤 생김의 인물이든 동일선상에서 소통하는 곳. 나는 사회 부적응자였다. 처음 들어간 직장에서는 부당한 대우를 참지 못하고 7개월 만에 박차고 나왔다. 그나마 오래 한 일은 지방 언론사 기자였는데, 그마저 3년을 넘기지 못했다.

　고지식하고 동기부여가 안 되면 굴러가지 못하는 성정을 가진 내가 이 사회에서 설 곳은 많지 않았다. 나는 여행을 도피처로 삼았다. 모아둔 돈을 가지고 발길이 닿는 대로 걸어다녔다. 결혼 후 제주로 이주한 것도 일종의 도피였다. 한 직장을 꾸준하게 다니고, 번듯하게 집을 넓히고 가정을 꾸리는 사람들 사이에서 나는 늘 미운 오리새끼 같은 존재였다. 그랬던 내가 글을 쓸 수 있고, 내가 쓴 글이 어디선가 빛을 볼 수 있다는 건 벅찬 희망이었다.

모두가 자신의 글을 쓰는 세상

　글을 끝까지 놓지 않은 건 글만은 글자를 배운 누구나 쓸 수 있다는 믿음 때문이었다. 실수를 허용하지 않는 사회, 딴 길로의 외도나 긴 휴식을 쓸데없는 시간이라 여기는 나라에서 나처럼 명함이 자주 바뀐 사람은 설 곳이 없다. 그런 내가 설 수 있는 단 한 곳이 나는 글이라고 믿었다.

　한국에서는 오랜 시간 등단이라는 절차가 작가의 등용문으로 놓여 있었다. 다른 나라에서는 책 한 권을 내면 작가가 되는데, 우리나라는 달랐다. 일제 잔재이고 권위적인 절차이니 언젠가는 무너지리라 생각했다. 등단은 내게 한 번쯤 넘어보고 싶은 절차기도 했지만 무너지기를 간절히 바라는 관습이기도 했다. 마침내 그런 사회가 찾아왔다. 인터넷의 발달로, 독립 출판의 확장으로 누구나 작가가 될 수 있는 시대가 열렸다.

나는 글이 영원히 모두에게 기회이기를 바란다. 누구든, 언제든 도전할 수 있는 문턱이라고는 없는 세상. 작가를 꿈꾸면서 모두가 글을 쓰는 세상은 두렵기도 했다. 타인을 경쟁자로만 바라본다면 그 세상은 경쟁자가 득시글한 곳이니. 하지만 타인을 경쟁자가 아닌 상생하는 대상으로 바라본다면 모두가 글을 쓰는 세상은 지금보다 훨씬 성숙한 사회가 될 것이다. 글을 쓴다는 건 끊임없이 성찰한다는 의미이기에.

이왕 꾸는 꿈, 조금 더 크게 꾸기로 했다. 나 혼자 작가가 되는 세상 말고 모두가 자신의 글을 쓰는 세상을 내 꿈으로 삼자고. 글 쓰는 청소년, 글 쓰는 주부, 글 쓰는 일용직 근로자, 글 쓰는 배달원, 글 쓰는 할아버지…. 각자의 삶을 살듯 각자의 글을 쓰는 세상, 자신의 글을 쓰는 게 숨 쉬는 것처럼 자연스러운 세상, 백지 위에 자신의 솔직한 삶을 털어놓고 타인의 삶도 더 깊이 들여다보는 게 당연한 세상.

글은 일종의 권력이다. 발언권이 주어지는 일이니. 예전에는 소수만 그 권력을 누렸지만 이제는 누구든 원하면 누릴 수 있다. 인터넷이 새로운 세상을 연 것이다. 물론 새로운 권력 관계가 생겨나긴 했지만, 그럼에도 기회의 측면에서 볼 때 분명 더

손쉬운 환경이 갖춰졌다. 기회는 간절히 갈망하고 기꺼이 다가가는 사람에게만 열린다.

각자의 글을 쓴다는 건 서로의 세상을 더 잘 이해할 수 있는 길이 열리는 것과 같다. 누구의 입이나 손을 빌리는 게 아니라 겪은 사람이 직접 들려주는 이야기에는 마음을 움직이는 강력한 힘이 있다. '실화'라는 말에는 거부할 수 없는 매력과 무게가 실린다. 소설이나 드라마, 영화 앞에 '실화를 바탕으로 했다'는 수식어를 붙이는 건 바로 그 때문이다.

그런 세상을 만드는 데 미약하지만 내가 힘을 보태고 싶다는 생각이 찾아온 건 어쩌면 당연한 수순이었다. 그렇게 나는 쓰는 사람이자 쓰려는 사람들을 돕는 사람이 되고 싶었다. 유명한 작가가 아니라서 선생님이 될 수는 없겠지만 글 세상을 먼저 만나본 사람이니 선배쯤은 될 수 있을 터였다. 그런 뻔뻔한 마음으로 용기 내어 글쓰기 모임을 만들고, 이런 글도 쓰게 되었다. 글이 때로 나를 뻔뻔한 사람으로 서게 한다. 어디에서 내가 이렇게 고개를 들 수 있을까. 글이니 가능하다. 글은 그런 세상이다. 영원히 그런 세상이 글이었으면 좋겠다.

쓰는 사람으로 바뀐다는 것

"안 하던 짓 하면 죽는대."

"생긴 대로 살아야지."

"담배 끊은 사람이랑 다이어트 성공한 사람이랑은 상종하지 말래. 독하다고."

사람이 바뀌는 건 대체 얼마나 어마어마한 일이기에 이런 말들이 있을까. 안 하던 짓을 하는 건 죽음을 목전에 둔 것만큼이나 큰일일까. 생긴 대로 살아야 한다는 데는 동의하지만, 자신의 생김이 어떤지 아는 사람이 얼마나 될까. 담배나 술을 힘겹게 끊어내거나, 식이요법과 운동으로 다이어트에 성공한 사람은 정말 상종하면 안 되는 독한 사람일까.

반대의 경우를 생각해본다. 건강에 적신호가 켜졌는데도 담배를 끊지 않는 사람, 고약한 술버릇으로 주변 사람들이 고통받는데도 매일 술을 마시는 사람, 목숨이 위험할 정도로 비만이 심한데도 먹는 걸 가리지 않고 운동도 하지 않는 사람이 있다면 어떨까. 이 사람들은 상종해도 되는 사람일까. 현실이 마음에 들지 않고 답답한데도 기존에 해오던 관성대로 사는 삶, 변화를 추구하지 않고 자신의 운명(?)에 순종하는 삶. 이런 삶을 사는 사람은 독하지 않으니 좋은 사람인 걸까.

변화가 없는 사회는
생각이 없는 사회

역사적으로 지배층은 피지배층이 '생각'하지 않기를 바랐다. 생각은 위험한 것이었다. 그저 주어진 운명대로 살아가는 사람들이 지배하기에 수월했을 것이다. 기존 관습에 의문을 제기하고 반기를 드는 사람들은 눈엣가시였다. 사회를 위험에 빠뜨리는 사람으로 취급당했다. 글자를 배우지 못하게 하거나, 글을 쓰지 못하게 하는 경우도 많았다. 글이 인간을 생각하게 하고 깨우치게 한다는 걸 알았던 것이다.

시대가 달라졌고 우리 모두는 글을 배웠으니 지금은 과거와는 다른 시대라고 생각할지 모른다. 하지만 여전히 우리는 생각이 결여된 사회를 살아간다. 생각 대신 학습을 해야 하고, 생각

대신 노동을 해야 한다. 잉여 시간에도 스마트폰을 들여다보며 생각 없이 존재하는 경우가 많다. 오랜 시간 많은 고민과 연구를 해야만 성과를 거둘 수 있는 분야의 예산이 깎이고, 글과 책에 대한 관심이 줄어들고 있다. 여전히 우리는 과거의 굴레에서 벗어나지 못했는지도 모른다.

앞의 말들은 변화를 두려워하는 언어다. 혹시 지배층으로부터 나온 말은 아닐지. 기원은 알기 어렵지만 분명 나태가 빚어낸 언어라는 것은 분명하다. 반면에 똑같다는 말은 칭찬의 의미로 쓰인다.

"하나도 안 변했네."

"십 년 전이랑 똑같아."

"어쩌면 이렇게 그대로니."

물론 변하지 않아서 가치 있는 게 있다. 하지만 한 사람에 대해 수년, 수십 년이 지나도록 똑같다는 말은 정말 칭찬일까. 기분 나쁜 말은 아닐까. 수년, 수십 년 동안 고뇌하고 노력하며 살아왔는데 변하지 않았다니. 우리는 왜 변하지 않은 걸 최고로 여기고, 변하면 이상야릇한 시선으로 바라보는 걸까. 혹 타인에 대한 고정된 생각을 바꾸고 싶지 않은 자신의 게으른 속내 때문은 아닐까.

글을 쓰려면 과거를 많이 떠올려야 한다. 특히 에세이는 더 그렇다. 자신의 삶을 허물어 쓰는 글이기 때문이다. 과거의 특정 순간을 떠올릴 때마다 드는 생각은 나는 계속 변해왔다는 것이다. 변화의 크기가 크든 작든, 변화의 속도가 빠르든 느리든, 나는 나이만 먹은 게 아니라 분명 시나브로 달라졌다. 원자로 이루어진 인간은 5년만 지나도 모든 몸의 원자가 교체된 상태라고 한다. 그러니까 나는 분명 여전히 나인데, 5년 전의 나와는 다른 원자들로 구성된 나인 것이다. 두 아이를 출산하고 전에 없던 알레르기가 생겼을 때 의사는 내게 이렇게 말했다. "임신, 출산이 아니어도 대부분의 사람이 십 년 주기로 체질이 바뀌어요." 나도 모르게 내가 바뀌고 있다는 말이 묘하게 다가왔다.

과학이나 의학적으로 봐도 그렇지만, 철학적으로 봐도 나는 분명 이전의 내가 아니다. 이십 년 전의 나보다는 자신을 더 사랑하게 되었고, 십 년 전의 나보다는 타인의 시선을 덜 신경 쓰게 되었다. 일 년 전의 나보다는 사회적 역할을 더 수행하고 있다. 과거의 나보다는 실천하고 있는 삶의 가치, 나만의 가치가 늘어났다. 중심이 생겼다고 해야 할까. 매일 읽고 쓰면서 나만의 철학을 조금씩 쌓아가고 있다고 믿는 편이다. 물론 타인은 모르는, 증명하기 어려운 보이지 않는 나에 대한 이야기다.

이런 변화가 있지만 어떤 면에서 나는 여전히, 지독히 그대로다. 감정 표현이 크지 않은 것도 그렇고(엄마가 되면서 좀 나아지긴 했지만. 아이들은 거짓된 표현을 귀신같이 알아챈다), 온갖 것에 의미 부여하기 좋아하는 성향도 그렇다. 마음이 동해야 몸을 움직이는 동기부여형 인간인 것도 여전하고, 세상만사에 관심이 많은 것도 달라지지 않았다. 이십 대의 나와 사십 대의 나는 전혀 다른 사람이라는 내 말에 한 친구는 이렇게 말했다. 내 눈엔 똑같아 보이는데?!

한 사람이 변한다는 건 극히 어려운 일이지만, 긴 인생에서의 변화는 너무나 당연한 것이기도 하다. 변하지 않은 지인을 만나는 건 퍽 반가운 일이지만, 여전히 그대로인 지인을 마주하는 건 동시에 얼마나 답답한 일인가. 물론 변화의 방향이 자신이 달라지고 있는 방향과 다르다면, 그것 역시 유쾌한 일은 아닐 것이다. 오랜만에 대면했을 때 반가움보다 거부감이나 당황스러움이 더 크다면, 그 지인과는 다시 만날 약속을 잡지 않을 가능성이 높다. 더는 내가 아는 그 사람이 아니고 더 알아가고 싶은 사람도 아니니, 만날수록 좋기보다 불편한 관계가 될 테니 말이다.

쓰는 사람은 변하고자 하는 사람

사람이 바뀌는 건 분명 뼈를 깎는 노력이 수반되어야 하는 일이다. 고정된 생각을 바꿔야 하는 일이고, 뇌에 새로운 길을 내야 하는 일이다. 떨어지지 않는 발을 떼야 하고, 무거운 몸을 일으켜야 한다. 그럼에도 바뀌기로 마음을 먹고 실천하고 있다면 그건 독한 게 아니라 자기 삶에 대한 애정이 크기 때문일 것이다. 내 삶을 바꿀 수 있는 건 결국 나밖에 없다는 걸 알기에, 변화가 어렵지만 변하지 않는 자신을 계속 마주하는 건 남은 인생에서 더 큰 고통일 수 있다는 걸 알기에. 나이가 들수록 변하지 않으려 하는 게으른 머리를 설득하고 가슴을 울려 결국 발이 움직이도록 하는 건 기적 혹은 인간 승리가 아닐까.

글을 쓰는 건 이전과는 다른 삶을 산다는 말이다. 과거와는 다른 내가 되고자 한다는 뜻이다. 글을 쓰는 삶은 쓰기 전의 삶과는 전혀 다른 것이다. 글쓰기는 나 자신에게 집중하는 행위다. 수식어나 역할은 모두 제쳐두고, 혈혈단신 나 자신에게만 몰입해 무언가를 끄집어내는 활동이다. 결국 쓰는 사람은 변하고자 하는 사람이다. 스스로가 성장하기를 바라는 사람이다. 자신이 살던 땅을 떠나는 사람은 행복하지 않은 사람이라고 했던가. 쓰려는 사람은 행복하지 않은 사람인지도 모른다. 행복해지기 위해 자신이 살던 땅을 떠나 이방인이 되고, 더 나은 내가 되기 위해 쓰지 않는 삶에서 쓰는 삶으로 건너가는 것. 이들의 공통점은 삶의 개척자라는 점이다.

변화는 위대하다. 위험한 것은 위대한 것과 동의어가 될 때도 있다. 기존의 관습과 틀을 부수는 힘을 가진 게 변화다. 그 변화는 저절로 찾아오지 않는다. 움직이는 사람에게만, 의문을 제기하는 사람에게만, 자신이 선 땅을 끊임없이 밟아보고 두드려보는 사람에게만 찾아온다. 마흔이 되고, 쉰이 되고, 예순이 되었는데도 이삼십 대처럼 생각할 수는 없는 노릇이다. 이삼십 대에 깨달은 대로만 살아간다면 스스로 성장할 기회를 박찬 것과 같다. 적절한 타이밍에 적당히 변해가는 건 제대로 나이를 먹는 과정이다. 나이를 잊고 살아야 건강하다지만 인지하고 사는 게 더 건강한 건지도 모른다.

몸과 마음의 건강을 위해 나쁜 습관을 버리고 좋은 습관을 들이려 노력하는 사람, 기존에 학습한 것들을 시대에 맞게 업그레이드하기 위해 꾸준히 배우고 수용하는 사람. 이런 변화를 꾸준히 추구하는 사람은 상종하면 안 되는 사람이 아니라 꼭 곁에 두어야 하는 사람이 아닐까. 이왕이면 자주 만나고 교류하며 삶의 자세를 배운다면 더 좋지 않을까.

그러니 앞의 말들은 이제 바뀌어야 할 것 같다.

"안 하던 짓 하면 미래가 바뀐대."

"생긴 대로 살아야지. 그러려면 어떻게 생겼는지 알아야 해."

"담배 끊은 사람이랑 다이어트 성공한 사람이랑은 꼭 어울려야 해. 배울 점이 많은 대단한 사람이거든."

쓰는 사람으로 변화하는 것을 두려워하지 않았으면 좋겠다. 안 하던 짓을 한다고 스스로를 어색하게 여기지도 말았으면 한다. 두드리지 않으면 열리지 않는다. 새로운 삶, 새로운 내가 되는 길은 다가가는 사람에게만 열린다. 누구에게나 처음 쓰는 순간이 있다. 누구에게나 낯설게 글자를 다루는 시간이 있다. '내가 무슨' '나까짓 게 뭐'라는 생각은 내려놓고 그냥 쓰기를. 쓰는 건 대단한 일이 아니지만, 당신이 쓴다면 그 자체로 대단한 일이 시작될지도 모른다. 기회를 붙잡기를.

기억을 복원해야 하는 이유

기억의 힘으로 산다는 생각을 할 때가 있다. 특히 시월이 되면 정처 없이 떠돌던 시절이 떠오른다. 처음으로 홀로 여행을 떠난 건 스물다섯 살 때였고, 여행지는 유럽이었다. 도시에서 도시로 이동할 때마다 나뭇잎은 점점 더 노랗고 붉은 고운 빛으로 물들어갔다. 어느 공원에 앉아 넋 놓고 하염없이 풍경을 바라보았다. 춥지도 덥지도 않은 적당한 온도와 습도, 귓가를 살랑이는 솜사탕 같은 바람, 푸르디푸른 하늘, 울긋불긋 나무들과 하나의 풍경으로 어우러진 붉은 지붕. 자연은 본래 아름다움을 추구하는 존재인 건지, 아니면 나 역시 자연의 일부라 그 자연을 가장 아름답다 느끼는 건지. 오감을 열고 길 위에 나를 그저 놓아두었을 때의 기억은 떠올리는 것만으로도 가슴이 충만해진다.

여행을 제법 다녔다. 일일이 숫자를 세어보지는 않았지만 대략 20여 개국, 60여 도시를 다닌 것 같다. 여행을 유일한 삶의 목표로 두고 살았던 시절이 있었고, 여행에 미쳤다는 말이 어울리듯 이곳저곳을 쏘다녔다. 돈과 시간만 생기면 서둘러 달아났다. 틈틈이 다니기도 했고, 아예 모든 걸 등지고 떠나기도 했다. 그렇게 삶을 걸고 다녔지만 여행지에서의 에피소드를 엮어 책을 내지도 않았고, 사진을 현상해 걸어두지도 않았다. 여행의 기억은 오로지 내 머릿속에만 존재한다.

다만, 야금야금 꺼내어 본다. 반복되는 삶에 지치거나 어딘가로 떠나고 싶지만 갈 수 없을 때 오래전 여행에 미쳐 있던 시간들을 불러온다. 내가 주로 떠올리는 건 어떤 순간의 풍경이나 찰나의 감정 같은 것이다. 혹은 여행할 수밖에 없었던 그 시절의 텅 빈 나. 아이러니하게도 그때의 나는 가장 행복하지만 가장 고통스러운 사람이었다. 모든 걸 내버리고 도망가고 싶을 만큼 진저리 나는 현실 속에 있었으니. 여행은 내가 유일하게 갈망하고 쟁취할 수 있는 꿈이었던 것. 그 시절이 너무나 소중한 동시에 아련한 기억으로 남은 건 아마도 이 모순 때문일 것이다. 애정보다는 애증이 더 진한 감정인 것처럼.

해리포터 젤리빈이라는 게 있다. 영화 속에서 해리와 론이 호그와트로 가는 기차 안에서 먹었던 그 젤리빈이다. 스무 가지 맛을 볼 수 있는데 솜사탕맛, 체리맛, 바나나맛처럼 당장 집어먹고 싶은 젤리도 있지만 귀지맛, 지렁이맛, 코딱지맛과 같은 먹기 꺼려지는 젤리도 담겨 있다. 해리포터 젤리빈 상자를 보며 한 사람의 머릿속 같다는 생각을 한다. 당장 꺼내 먹어도 좋은 기억이 있는가 하면, 꺼내기에는 좀 부담스러운 기억도 있으니까. 한두 가지 맛과 색으로만 되어 있었다면 이 젤리빈이 특별하게 느껴지지 않았을 것이다. 다른 젤리와 별다를 바 없었으리라. 다양하기에, 다채롭기에 더 가치 있어 보인다.

기억도 그렇다. 좋은 기억으로만 가득 차 있는 게 최고일 것 같지만 나쁜 기억도 함께 있기에 더 애틋한 하나의 삶이 완성되는 건지도 모른다. 시간의 마법을 부리면 좋은 기억은 행복으로 남고, 나쁜 기억은 배움으로 남는다. 나쁜 기억이 있기에 행복의 기억이, 기쁨의 순간이 더 소중하게 다가오는 것. 떠올릴 기억이 많은 사람이 진짜 부자인 것 같다. 따뜻한 기억이든, 눈물이 차오르는 기억이든, 부끄러운 기억이든. 기억을 먹고 살고, 기억을 딛고 사는 게 우리 삶이니까.

별로 기억할 것 없는 무미건조한 삶보다는 무엇이든 꺼내어 오래도록 곱씹을 수 있는 기억을 가진 삶이 더 풍요로운 듯하다. 삶의 마지막 순간 지나온 인생이 파노라마처럼 펼쳐질 때 끼워 넣을 장면이 별로 없다면 얼마나 후회될까. 기억을 쌓는 게 인생이다. 지난 상처와 두려움 때문에 선뜻 새로운 일을 도모하는 게 겁이 나다가도 한 번 사는 인생 더 많은 걸 보고, 배우고, 경험하자는 생각이 드는 건 이 때문.

기억은 현존하는 유일한 타임머신이기도 하다. 알츠하이머처럼 기억을 잃어버리는 병에 우리가 민감한 건 기억이 결국 삶의 모든 것이라는 걸 반증하는 게 아닐까. 누군가와 함께할 수 있다는 건 함께한 기억 때문인데, 내가 지금 여기 존재하는 건 거쳐온 삶 때문인데, 그게 소거됐다면 과거도, 현재도, 미래도 모두 존재의 이유를 상실하니. 한 사람이, 한 인생이 사라진 것 같다고 여기는 게 아닐까.

인생 대부분은 기억이라는 형태로 새겨지지만 기억에는 한계가 많다. 조작되거나 왜곡된 기억도 있고, 전체를 기억하기도 하지만 부분에 그칠 때도 잦다. 같은 일을 경험해도 사람에 따라 기억은 다르게 남는다. 여럿이 모여 각자의 기억을 모아 붙여봐도 완전한 실재는 복원할 수 없다. 남는 건 기억밖에 없지 싶다가도 기억만큼 못 믿을 게 없다는 생각이 드는 이유다.

글을 쓰는 건 기억을 복원하는 일이다. 하루 전의 일이든, 한 달 전의 일이든, 수십 년 전의 일이든 글을 쓰기 위해서는 기억을 되살릴 수밖에 없다. 과거를 현재로 소환해야만 한다. 지구의 역사를 알기 위해 퇴적층을 조사하고, 인간의 역사를 알기 위해 문헌을 뒤지고, 우주의 역사를 알기 위해 먼 은하를 들여다보듯 내 글을 쓰려면 기억을 뒤져 내가 살아온 역사를 살펴야 한다.

이 과정을 통해 명료해지는 건 바로 자기 자신이다. 내가 어떤 사람인지 알게 된다. 내가 거쳐온 삶을 반추하면서 왜 지금의 내가 되었는지 이해하게 되는 것. 좋아하는 건 무엇이고 싫어하는 건 또 무엇인지, 왜 그게 좋고 싫은지, 마땅히 견딜 수 있는 게 무엇이고 결코 견딜 수 없는 건 무엇인지, 어떤 삶을 살아왔고 앞으로 어떤 삶을 살아가고 싶은지…. 때로는 '흑역사'가 더 많은 걸 남긴다. 시행착오를 겪었다는 건 무언가가 견딜 수 없었다는 이야기이기에. 좋아하는 것으로 삶을 채우는 것도 중요하지만 싫어하는 것만 걷어내도 훨씬 살 만해지는 게 삶이기에.

어쩌면 내 아픔은 오해나 왜곡인지도 모른다. 조금만 아파도 될 것을 너무 많이 아파했을 수도 있고, 큰 아픔을 작은 아픔으로 축소했을 수도 있다. 내 잘못이 더 큰데 남 탓만 해왔을 수도 있고, 남의 잘못을 모두 내 탓이라며 자책했을 수도 있다. 사건의 새로운 가해자나 감춰진 시대의 한계가 등장하기도 한다. 써보면 안다. 전부를 알 수는 없겠지만 감정과 기억이 어느 정도 정리가 되면서 엉켜 있던 타래가 서서히 풀린다.

그런 내 글을 읽는 건 머릿속에만 담아두었던 기억을 제3자의 입장에서 들여다보는 것과 같다. 거리 두기를 할 수 있게 되는 것이다. 사물과 눈의 거리가 너무 가까우면 형태가 명확하게 보이지 않는다. 너무 멀어도 제대로 모습을 파악하기 어렵다. 적당한 거리에서 바라봐야 온전한 생김새를 알 수 있다. 내 과거도 마찬가지다. 씀으로써, 글이라는 형태로 과거를 빚음으로써 적당한 거리를 확보해 모양새를 알아볼 수 있다. 너무 밀착되어 있어 알 수 없었던 사건의 전말을 이해하는 것만으로도 문제는 절반쯤 풀린다. 타래를 푸는 방법을 일러줄 사람은 있지만, 결국 그걸 풀 수 있는 건 오로지 자신뿐이다. 이런 과정을 거치면 실수를 줄일 수 있다. 지긋지긋하게 반복되는 실수의 고리를 끊어 낼 수 있다.

상처가 많다고 모두 범죄자가 되지는 않는다. 평탄하게 살았다고 모두 이상적인 어른이 되는 것도 아니다. 과거의 감정과 경험을 어떻게 소화하고 극복하느냐에 따라 현재의 나는 범죄자가 될 수도 있고, 괜찮은 어른이 될 수도 있다. 과거의 나는 지금의 내가 아니지만 지금의 내가 되는 데 상당 부분 영향을 미친다. 과거의 나는 내 안에 산다. 내 기억 속에 똬리를 틀고 있다. 이해하고, 화해하고, 다독여야 과거의 나로부터 자유로운 현재의 내가 될 수 있다. 새로운 나를 만들어갈 수 있다. 희망하는 삶으로 나아갈 수 있다. 그래야 나쁜 기억이 배움으로 남는다.

해결되지 않은 아픔은 나 자신을 갉아먹기도 하지만 가족이나 타인에게 영향을 미치기도 한다. 아픔을 대물림하는 것이다. 성인이 될 수도 있지만 죄인이 될 수도 있는 게 인간이다. 인간이 무엇이든 될 수 있다는 사실은 얼마나 희망적인 동시에 얼마나 절망적인가. 무엇이 되려다 아무것도 되지 못하는 것보다 더 두려운 건 내가 가장 싫어하고 혐오하는 얼굴을 내가 갖는 것이다. 나 자신이 괴물 같다 손가락질하던 존재가 되는 것. 제일 소중한 사람들에게 칼날을 휘두르는 사람이 되는 것. 눈에 보이는 폭력을 써야만 가해인 건 아니다. 보이지 않지만 잔혹한 가해는 세상에 차고 넘친다.

보고 겪은 게 그것뿐이라 어쩔 수 없다고 말하는 건 자신에 대한 직무유기다. 주변 사람을 배려하지 않는 이기적인 태도다. 내 역사를 알아야 나를 알 수 있고, 나를 알아야 자신을 사랑할 수 있다. 자신을 사랑하는 사람은 삶이 나락으로 떨어지도록 방치하지 않는다. 어떻게든 더 나은 삶으로 나아가기 위해 고군분투한다. 그 사랑은 결국 자신만이 아니라 타인으로 향한다. 타인을 넘어 공동체로 나아간다. 내 마음이 건강해야 내가 속한 공동체도 건강해질 수 있다.

상처가 많은데도 그걸 딛고 주위에 선한 영향력을 끼치는 사람이 있다면 그 사람은 분명 내면의 폭풍을 견뎌낸 사람이다. 끊임없이 과거를 반추하고 미숙한 자신을 껴안으면서 삶이란 무엇인지, 어떻게 살아야 하는지 고뇌한 사람이다. 늘 넉넉하게 웃고 있다 해서 아픔이 없다고 함부로 간주할 수 없는 이유다. 섬세하게 타인을 배려하고 마음이 열려 있는 동시에 단단한 사람이라면 스스로 이런 정화의 과정을 거쳤을 가능성이 크다.

정리를 해야 앞으로 나아갈 수 있다. "역사를 잊은 민족에게 미래는 없다"라는 말은 한 개인에게도 적용된다. 자신의 역사를 제대로 들여다보지 않고 더 나은 미래로 나아갈 수는 없다. 살아내는 게 아니라 살아가기 위해서, 생존하는 데만 급급한 게 아니라 삶을 온전히 살기 위해서, 이야기만 나와도 눈물짓는 게 아니라 '그런 일도 있었지' '그렇게 살아왔지' 하며 웃어넘기기 위해서 우리는 써야 한다. 당장 더 울더라도, 당장 더 아프더라도. 글쓰기는 스스로 어둠 속으로 걸어 들어가는 행위다. 판도라의 상자를 직접 열어젖히는 행위다. 어떤 게 튀어나올지 아무도 모른다. 그렇다고 너무 겁내지 말기를. 태양이 빛나는 한 아침은 분명 밝아온다. 동이 트는 건 가장 칠흑 같은 어둠이 내린 바로 그 시점이다.

과거를 꺼내기 힘든 당신에게

'Writing Therapy.'

글쓰기 모임을 시작하면서 내건 이름이다. '치유의 글쓰기'라고 적었다가 똑같은 이름의 글쓰기 강의가 있는 걸 알고는 잠시 고민하다 영어로 이름을 붙여보았다. 우리말로 글을 쓰는 모임에 영어 이름을 붙였다는 게 뭔가 모순되어 보이지만, 한눈에 들어오는 모양새가 나쁘지 않았다.

글쓰기 모임에서는 멤버들이 돌아가면서 글감을 낸다. 2주에 하나씩 함께 쓰고 있으니 그동안 거쳐온 글감만 해도 제법 쌓였다. 일, 여름, 이미지, 음식, 글, 집, 달팽이, MBTI, 이름, 시월, 시간, 휴식 등. 수십 개의 글감을 거쳐왔는데도 여전히 글감이 남아 있는 걸 보면 세상 모든 단어가 하나의 이야기를 간직하고 있는 게 아닌가 하는 생각이 든다.

모임을 열고 반년쯤 지난 어느 날, 한 멤버가 내게 말했다. "과거를 돌아보는 게 너무 힘들어요." 순간 말문이 콱 막히고 가슴이 쿵 내려앉았다. "맞아요. 힘들죠. 쉬운 일이 아니에요." 나는 하나마나한 메아리 같은 대답만 하고 말았다. 과거를 돌아봐야 하는 이유가 그 자리에서 선뜻 떠오르지 않았다. 모임을 마치고 집에 돌아와 한동안 끙끙 앓았다. 나는 멤버의 고민에 어떤 답을 줄 수 있을까. 답은 결국 스스로 찾아야 하지만 글의 세계로 이끈 사람이 나서서 조금이라도 도움이 되고 싶었다.

치유하려면 상처를 꺼내야

모임을 시작하면서 글을 쓰면 치유가 된다고 이야기했다. 모임 이름에도 치유를 의미하는 'therapy'를 넣었다. 하지만 그냥 쓰기만 한다고 치유의 길을 갈 수 있는 건 아니다. 치유를 하려면 우선 상처 부위를 드러내야 한다. 응어리가 끼어 막혀 있는 곳을, 곪았지만 치료받지 못하고 덮어두었던 곳을 꺼내 보여야 한다. 치유로 가기 위해서는 과거를 직면해야 하는 고달픈 과정이 필수적인 것이다.

에세이에는 크게 두 종류가 있다고 앞에서 언급했다. 쉼이 되는 에세이와 삶 그 자체인 에세이. 쉼이 되는 에세이는 일상의 작은 것에서 시작해 그 안에서 자신만의 통찰을 발견하고 보편적인 가치를 이끌어내는 방향으로 보통 쓰인다. 삶 그 자체인 에세이는 한 인간이 온몸과 마음에 상처를 내며 부딪혀온 지난날을 고스란히 담아낸다.

자신을 치유하려면 후자의 글쓰기를 해야 한다. 전자의 글은 쓰면 쓸수록 실력은 늘지만 치유가 되지는 않는다. 써도 써도 제자리를 맴도는 느낌이 든다면, 써도 써도 마음이 정화되는 느낌이 들지 않는다면 전자의 글만 계속 쓰고 있기 때문인지도 모른다. 돌아보기 힘들어도 용기를 내어 다시 과거를 바라보고 생각을 정리해 글로 풀어내야 비로소 치유에 가닿는다. 온전한 치유로 가는 길이 결코 쉬울 리 없다.

아픈 기억, 후회되는 기억, 아련한 기억을 글로 쓰려면 내 과거를 찬찬히 헤집어야 한다. 내가 피하고 싶었던 순간을, 차라리 덮어두는 게 마음 편했던 시간을 애써 다시 끄집어내야 한다. 과정은 고통스럽다. 세포 하나하나가 모두 그날을 기억하는 것처럼 느껴져 뼈마디가 시리기도 하다. 그럼에도 마주하고 정리하면서 결국 담아내면 이후의 삶은 이전의 삶과는 많이 달라진다. 이제 그 과거는 더는 아픔이 아니다. 타인에게 그 시간들을 언급해도, 홀로 곱씹어봐도 더는 고통이 느껴지지 않는다. 상처의 기억이 평이한 과거로 바뀌는 놀라운 상전이 일어난 것이다.

그동안 쓴 글 가운데 유독 아끼는 글이 있다. 잊을 만하면 한 번씩 다시 읽게 되는 글. 그런 글의 공통점은 '진짜 나'를 담고 있다는 것이다. 그렇다고 다른 글에 '진짜 나'를 담지 않았다는 건 아니다. 여기서 말하는 '진짜 나'는 있는 그대로의, 상처투성이의 나를 말한다. 그런 글에는 '지금의 나'가 아니라 '과거의 나'가 담겨 있다. '과거의 나'가 거쳐온 '나의 삶'이 녹아 있다. 길게는 수십 년 전, 짧게는 수개월 전까지. 그 시절의 부끄러웠던 나, 방황했던 나, 행복했던 나가 글 속에 고스란히 들어 있다.

힘겹게 마주하고 정리해 글로 풀어낸 과거는 더이상 나를 흔들지 않는다. 치유하지 못한 과거는 몸과 마음의 건강이 무너질 때마다 현재의 나를 습격한다. 날카로운 내 말과 행동의 뿌리가 되기도 하고, 건드리기만 해도 눈물을 왈칵 쏟게 하는 임계점이 되기도 한다. 몸과 마음이 다시 살아나면 쥐 죽은 듯 조용해지지만, 언제든 내 삶을 헝클 수 있는 폭발력을 잠재한 지뢰로 남아 있다. 그게 바로 과거라는 이름의 기억이다.

새 삶을 살려면 과거를 마주해야 한다. 바뀐 내가 되려면 그 시절 있는 그대로의 나를 글에 담음으로써 과거의 나를 '후회'가 아닌 '화해'의 대상으로 바꿔나가야 한다. 과거를 글로 쓰면 스스로를 토닥이게 된다. 그럼에도 살아내서 다행이라고, 어떤 모습이었든 괜찮다고, 이제부터 잘 살아가자고. 타인의 품이나 인정을 바라지 않고 자신이 직접 스스로를 감싸 안게 된다. 이걸 지속하면 내면의 힘이 생기면서 자존감이 점점 높아진다.

과거를 꺼내면 바뀌는 것

이런 과정은 자칫 과거를 변형하는 것으로 비칠 수 있지만 현재를 바꾸는 일에 더 가깝다. 과거는 변하지 않는다. 타임머신은 존재하지 않고, 우리는 아무리 후회한다 해도 과거를 뜯어고칠 수 없다. 우리가 바꿀 수 있는 건 단 하나, 그 과거를 바라보는 지금의 나일 뿐이다. 과거를 바라보는 지금의 나를 바꾸면 우리는 비로소 후회와 방황으로 얼룩진 시간들을 딛고 일어설 수 있다.

내가 에세이 쓰기를 권하는 건 누구보다 내가 그렇게 일어났기 때문이다. 주변 사람들을 끌어모아 글쓰기 모임을 시작한 건 함께 치유의 길로 가고 싶었기 때문이다. 고통스럽고 부끄러운 시절의 나를 끄집어내 활자화할수록 달라진 나를 마주했다. 폐기처분하고 싶었던 과거를 글쓰기로 직면하면서 과거는 더이상 지금의 나를 '흔드는' 이야기가 아니라 지금의 나를 '받쳐주는' 이야기가 되어갔다. 그렇게 내가 쓴 내 이야기가 늘어갈수록 나를 떠받치는 기둥도 늘어갔다.

기둥의 개수가 더해질 때마다 나는 점점 더 흔들리지 않는 사람이 되어갔다. 상처가 깊은 과거일수록 글로 소화하면 더 굵고 튼튼한 기둥으로 자리를 잡았다. 나는 이 과정을 널리 알리고 싶었다. 어떤 이야기도 좋다고, 어떤 고통이나 수치를 모두 꺼내놓아도 괜찮다고 용기를 주고 싶었다. 과거를 마주하기 어려워하는 사람들을 만나면 나를 믿고 다시 응시해보라고 손을 잡아주고 싶었다.

그런 마음으로 모임을 시작해놓고 과거를 돌아보는 게 너무 힘들다는 멤버 앞에서 입을 떼지 못한 것이다. 나는 초심을 기억해낸 뒤 그 멤버에게 글로 마음을 전했다. 두려워하지 말기를, 혹 그 과정에서 혼이 쏙 빠지도록 눈물을 쏟거나 답답한 가슴을 주먹으로 내리치게 되더라도 결국 씀으로써 가까운 미래의 어느 날 분명 한결 맑아진 자신을 마주하게 될 거라고. 나를 한번 믿어보라고 힘주어 한 글자 한 글자 꾹꾹 눌러썼다.

이 글을 읽는 당신도 함께 치유의 길을 걸었으면 좋겠다. 응어리가 없는 사람은 없으니. 부끄러운 과거 한 점 없는 사람은 없으니. 후회되는 순간을 지나지 않은 사람은 없으니. 용기 내어 글쓰기라는 치유의 길로 들어서기를.

행복한 기억을 복원하는 일

이분법을 좋아하지 않지만 기억을 이에 따라 분류해야 한다면 행복과 불행으로 나눌 수 있겠다. 아픔, 고통, 후회, 시련 등을 불행 카테고리에, 기쁨, 환희, 만족, 무탈 등을 행복 카테고리에 넣을 수 있을 것이다. 굳이 선호하지 않는 이분법을 기억에 적용하는 이유는 극에 가까운 일일수록 뇌에 잘 남아서다. 리사 제노바의 《기억의 뇌과학》에는 기억에 대한 다양한 이야기가 서술되어 있는데, 많은 걸 기억하는 만큼 많은 걸 잊는 게 우리 뇌라고 한다. 잊기에 또 새로운 걸 기억할 수 있다는 것. 그렇기에 뇌는 이도저도 아닌 기억보다는 행복이든, 불행이든 더 선명한 순간을 더 잘 간직한다고 한다.

그런 관점에서 봤을 때 글쓰기의 소재로 채택되는 과거는

둘 중 하나가 될 가능성이 크다. 행복과 불행 두 가지 중 어떤 소재가 글쓰기에 더 쉬울까. 언뜻 행복이 더 쉬워 보인다. 불행한 기억은 애써 끄집어내지 않는 경우가 많고, 떠올렸을 때 다시 고통이 밀려올 수 있기에 꺼린다. 행복한 기억은 적어도 고통은 동반하지 않을 테니 더 낫지 않을까 하는 마음이 드는 것.

한때 나는 글을 쓰면서 내 삶에는 왜 온통 고통, 상실, 시련뿐일까 싶어 낙담했다. 행복의 기억을, 밝은 글을 쓰고 싶었다. 그런데 쓰면 쓸수록, 과거를 꺼내면 꺼낼수록 희뿌연 상처투성이 기억만 줄줄이 튀어나왔다. 상처가 많았기에 쓰는 삶으로 자연스레 가게 됐는지도 모르겠다. 쓰는 삶을 결국 포기하지 못한 것도 상처 때문이었으니.

가장 커다란 아픔 중 하나를 글로 쓴 적이 있다. 출판을 하든 말든 일단 써야겠다 싶어 벼락처럼 시작한 일이었다. 이 소재로 글을 쓰고 싶다는 소망만 십 년을 간직했기 때문인지 글은 생각보다 술술 쓰였다. 쓴다는 건 동시에 기억하는 일이기에 글과 관련이 있든 없든 그 시절의 일들을 하나하나 낱낱이 들여다봐야 했다. 그러다 의외의 기억 하나를 건지게 되었다. 불행 속에 희미한 행복 한 조각이 박혀 있었던 것. 처음 들여다봤을 때는 빛이 희미했는데, 자꾸 응시하니 그 행복은 꽤 찬란한 빛을 머금고 있었다. 생각할수록 내가 왜 그 기억을 잊고 살았는지 이해가 되지 않을 정도로 그리운 기억이었다.

행복과는 거리가 한참 멀다고 생각했던 시절이었는데, 그 시간 속에 커다란 행복 하나가 들어 있다는 걸 깨닫고는 머리가 하얘졌다. 내가 이걸 왜 놓치고 있었을까. 그날 이후 나는 수개월 동안 실의에 빠져 있었다. 예상치 못한 상황이었다. 다시 그 시간으로 돌아갈 수 없다는 생각에 마음이 찢어졌다. 어떻게든 현재의 시공간에 그 시절의 작은 조각이라도 옮겨놓고 싶어 몸이 달았다. 아무리 안타까워하고 아쉬워해도 나는 결코 과거로 돌아갈 수 없다. 그 무엇도 현재로 건져올 수 없다. 시간은 거꾸로 흐르지 않으니까. 행복한 기억을 글로 옮기는 게 오히려 더 큰 고통일 수 있다는 걸 뼈저리게 깨달은 시간이었다.

그 과정에서 가장 원망스러웠던 건 그 시절의 나였다. 큰 행복 속에 있었다는 걸 과거의 나는 전혀 알지 못했다. 행복이 바로 앞에 있어도 그게 행복이라는 걸 알아채는 눈이 그 시절 내게는 없었던 것이다. 행복은 아무에게나 오는 게 아니었다. 행복이 무엇인지 아는 사람에게만, 행복할 용기를 가진 사람에게만 생생하게 다가오는 것이었다. 나는 그 진리를 글쓰기를 통해 비로소 알게 되었다. 나는 자신이 원망스러운 동시에 안쓰러웠다. 이제껏 행복이 무엇인지, 어떻게 행복을 마주해야 하는지 알지 못한 채 나이를 먹었다는 사실이 너무나 속상했다. 그동안 얼마나 많은 순간을 놓치고 살았던 걸까.

과거의 행복을 놓친 현재의 나는 어떻게 살아야 할까. 어떻게 살아야만 다시는 그런 실수를 반복하지 않을까. 잡히지 않는 행복의 순간을 떠올리며 나는 같은 실수를 하지 않기 위해 이를 악물었다. 내가 할 수 있는 것, 내가 잡을 수 있는 단 하나가 무엇일지 생각했다. 그건 과거도, 미래도 아닌 현재였다. 과거는 기억 속에만 존재하고, 미래는 어떤 모습일지 알 수 없고 있다 해도 지금의 행복이 미래에도 계속된다는 보장이 없으니. 나는 현재에 더 집중하는 삶을 살기로 했다.

돌아갈 수 있는 과거는 없고, 지금 이 순간은 곧 과거가 되기에 나는 현재를 누구보다 생생히 느끼고 만끽하는 사람이 되고 싶었다. 다시는 눈앞 행복을 놓치는 어리석은 짓을 하고 싶지 않았다. 촘촘하고 자잘한 행복을 더 잘 알아채고, 무탈한 날들에 감사하며, 그 순간들을 고스란히 뇌 주름에 새겨 오래오래 간직하고 싶었다. 결국 그 기억들을 더 많이 쌓은 사람이 인생 끝자락에 꽤 괜찮은 삶을 살았다고 자위할 수 있는 게 아닐까.

고된 일상에 버거워하다가도 종종 지금의 내가 얼마나 행복한지 떠올린다. 오늘 하루 사랑하는 가족에게 별일이 없었다면 더없이 감사하다. 가족이 다 함께 산책을 하거나 동시에 배를 잡고 웃을 때도 나는 행복감에 취한다. 그 순간들을 더 잘 기억하고 싶어 잠시 멈춰 서서 나를 바라보며 현재의 감정을 곱씹는다. 더 오래 기억하고 싶을 때면 글로 쓴다. 기록으로 남긴 과거는 잊히지 않는 데다 언제든 원할 때마다 들춰볼 수 있다. 그런 일이 더해질수록, 그런 글이 쌓일수록 내 삶은 더 풍요로워진다고 믿는다.

　이제는 과거를 회상하며 돌아가고 싶다는 생각을 하지 않는다. 하루하루 자라는 아이들을 보며 이전의 더 깜찍한 모습들을 그리워하지 않는다. 그때도 사랑스러웠지만 지금도 그에 못지않게 사랑스럽다. 아이들의 혀는 이전보다 길어졌지만 우리가 함께 나눌 대화는 더 많아지고 깊어졌으니. 이전의 아이들을 그리워하기보다 지금의 아이들을 더 사랑하는 데 집중하고 싶다. 아이들만이 아니라 나 자신도 과거보다 지금의 내가 더 좋다. 행복이든, 불행이든 지나온 시간들의 나이테가 내 안에 새겨지지 않았다면 지금의 나는 없었을 테니까. 그 모든 순간을 담담히 겪어낸 내가 애틋하다. 그런 나를 있는 그대로 사랑하고 싶다. 그리고 글로 담고 싶다.

　기억을 정리하는 건 과거의 일이지만, 결국 현재를 바꾸는 일이다. 행복했던 삶이든, 불행으로 가득했던 삶이든 정리가 녹록지 않은 건 마찬가지다. 그 모든 순간을 기억하며 감정 소용돌이에 휘말리기보다 그 순간들을 딛고 살아낸 자신을 다독이며 과거에 담담해지는 것. 그리고 뚜벅뚜벅 현재를 충실히 살아가는 것. 그것이 굳이 기억을 파헤쳐 글로 쓰는 이유가 아닐까. 아픈 기억은 덜 아프게, 아련한 기억은 덜 아쉽게. 차가운 커피든, 뜨거운 커피든 시간이 지나면 모두 같은 온도가 되듯 우리도 글쓰기를 통해 모든 기억을 미지근하게 바라볼 수 있을지 모른다. 그러면 과거 때문에 발목이 잡히거나 과거에 얽매여 현재를 낭비하는 일은 없을 것이다. 글쓰기는 우리로 하여금 현재를 충실히 살게 한다. 지금 여기에 내가 누려야 할 모든 것이 있다는 걸 잊지 않게 한다.

나를 위로하고 감시하는 글

글이 나보다 앞서 있다고 느낄 때가 있다. 분명 이전에 느낀 감정을 적었는데, 꽤 굳건해졌다고 믿었는데 다시 흔들릴 때. 이제 괜찮은 줄 알고 글로 새겼는데 마음이 진정되지 않을 때. 그럴 때면 내 글이 나보다 앞서가는 것만 같다. 얼마 전에도 그런 일이 있었다. 이전 글에서 나는 타인에게 더는 흔들리지 않는다고 썼다. 타인의 말과 행동에서 많이 자유로워졌다고 당당히 고백했다. 그래놓고는 다시 흔들리고 있었다. 타인의 눈치를 보고 있었다. 겉으로 티를 내지는 않았지만 가슴 속에는 불편함이 한가득이었다. 혼자 끙끙대며 되뇌었다. 어떻게 하면 이 불편함을 덜어낼 수 있을까.

내가 써놓은 글을 다시 읽었다. 당당한 말투, 거침없는 고백,

굳건한 마침표까지. 글에 비해 나는 엉성하기 짝이 없었다. 글로만 떠든 게 아닌가 싶어 얼굴이 화끈거렸다. 아직 나는 완성형이 아니었다. 끊임없이 자신을 다독이고 성찰해야 간신히 유지할 수 있는 미완성 인간이었던 것. 어떻게 하면 다시 흔들리지 않을지, 무엇이 나를 이토록 불편하게 하는 건지, 문제는 내게 있는지 타인에게 있는지, 아니면 둘 다에게 있는지, 내 불편함의 근원은 무엇인지 끊임없이 생각하고 거리를 두면서 그 감정에서 벗어나고자 몸부림을 쳤다. 다시 지난 통찰에 걸맞는 사람이 되고 싶었다. 평온한 내가 되고 싶었다.

내 글은 나를 위로하기도 하지만 나를 감시하기도 한다. 내가 그동안 쓴 글들은 내 살에 박혀 영원히 잊을 수 없는, 잊어서는 안 되는 하나의 지침이 된다. 새로운 깨달음이 지난 글을 덮기도 하지만, 지난 글에 미치지 못할 때는 그 글들이 스스로를 다잡는 기준점이 되어준다. 그 기준점에 맞지 않는 사람이 되면 다시 성찰의 시간으로 걸어 들어가곤 한다. 글은 버팀목이기도 하지만 판관이기도 한 것.

내 글에는 내 이상향이 담긴다. 내가 살고 싶은 세상, 되고자 하는 모습 등. 목표한 바를 이뤄서 글을 쓰기도 하지만 목표를 향해 달려가고 싶어 쓰기도 한다. 간신히 턱걸이하듯 도달해 지금 상태를 못 박고 싶은 생각에 성급히 글로 옮기기도 한다. 문제는 보통 이때 생긴다. 턱걸이였으니 다시 미끄러져 내려오기 일쑤인 것. 아무리 다짐하고 굳게 마음을 먹어도 유지하는 건 도통 쉽지 않다. 진리에 도달하는 길, 완전한 평온함에 이르는 길이 가능하긴 한 건지 나는 머리를 싸매고 고뇌에 빠진다.

줄곧 미끄러지지만 성급하게라도 글을 쓰는 건 글이 지지대가 되어주기 때문이다. 글은 목표 지점에서 멀어져가는 나를 붙잡아준다. 벼랑 끝으로 떨어지지 않도록, 다시 앞으로 걸어갈 수 있도록 나를 안내한다. 마치 입 밖으로 꺼내고 나면 그 말을 지키기 위해서라도 열심을 내는 것처럼 글도 마찬가지. 글은 흘러가는 말보다 더 확실한 증거로 남기에 함부로 쓸 수도 없지만 한번 새겨진 이야기를 어기는 것도 쉽지 않다. 그래서 삶의 모퉁이마다 깨달은 바를 글로 담아내면 그 글에 대한 책임감이 가슴에 박힌다. 그 선을 지키며 살아가기 위해 노력하게 된다. 이따금 미끄러질 수는 있어도 적어도 바닥으로 떨어지지는 않는다. 글이 나를 받쳐주기 때문이다.

다시 이전의 나로 돌아가려 할 때마다, 또 같은 문제로 어려움을 겪을 때마다 나는 내 글을 찾아 읽는다. 글 속의 나는 굳건하다. 글 속의 나는 당당하다. 글 속의 나는 거침이 없다. 이제 내 앞에는 아무런 걸림돌도 없다는 듯 평온하다. 내가 썼지만 내가 아닌 것만 같은 나를 바라보며 내가 서 있어야 할 자리를 더듬더듬 찾아간다. 내 마음을 진단하고 다시 평온 속으로 걸어가기 위해 나를 끌어안는다.

이전에는 고통이 밀려올 때마다 분노가 치밀었다. 삶은 뭐 이리 복잡하고 힘들며, 나는 왜 이렇게 나약하고 예민한지. 어느 하나 부드럽게 넘어가지 못하고 턱턱 걸려 넘어지는 자신을 마주할 때마다 화가 났다. 처음에는 삶을 바꿔보려 애썼던 것 같다. 삶이 평탄하다면 걸려 넘어지는 일은 없을 테니까. 남들보다 더 소유하고 더 많은 걸 누리면 나아지겠지 싶었다. 그렇다 해도 달라지는 건 없었다. 삶은 원래 그렇게 생겨 먹은 건지, 이 산을 넘으면 또다른 산이 찾아오고 익숙해질 만하면 새로운 고난이 엄습해왔다. 숨 쉬고 살아가는 한 고난은 파도처럼 밀려오는 것이라는 깨달음이 나를 찾아왔다.

그 속에서 내가 할 수 있는 단 하나는 평온함을 갖는 것뿐이었다. 애초에 그런 게 삶이라면, 그런 삶을 계속 살아가야 한다면 흔들리지 않는 방법밖에 없다는 생각이 들었다. 삶에 지고 싶지 않았다. 나이가 들면 자연스레 그리 되는 줄 알았는데 나이는 숫자일 뿐이었다. 노력하지 않으면 흔들릴 수밖에 없는 게 사람이었다. 나이가 많아도 어른 형상만 하고 있을 뿐, 어른 흉내만 내고 있을 뿐 진짜 어른인 경우는 드물었다.

파도에 휩쓸리더라도 중심을 잡고 싶었다. 파도의 높낮이가 어떻든 유연하게 서핑을 하는 사람처럼 쉽게 휘청이지 않고 파도에 맞춰 몸과 마음을 놀리는 사람이고 싶었다. 삶에 파도가 칠 때마다 글을 썼고 잔잔할 때도 글을 썼다. 기록하기 위해 태어났다는 듯, 내 머릿속에 들어 있는 생각을 모조리 글로 새기겠다는 듯 전투적으로 삶과 맞섰다. 글은 내게 삶과 맞서는 무기였다.

여전히 미끄러지고 삐그덕대지만 그래도 이전보다는 많이 평온해졌다. 그동안 쌓인 꽤 많은 지지대 때문이 아닐까. 넘어지고 미끄러질 때마다 더 깊은 나락으로 떨어지지 않도록 글이 나를 붙잡아준다. 다시 평온함을 찾을 수 있다고, 다시 글에 미치는 사람이 될 수 있다고. 글은 내게 안전장치다. 나를 보호하기도 하지만 내가 선을 넘지 않도록 단단히 붙들어준다.

아이들에게 버럭 화내고 싶다가도 글에 새긴 것처럼 좋은 엄마가 되고 싶어 마음을 고쳐먹는다. 게을러지다가도 몸을 일으켜 선물 같은 또 하루를 열심히 살아간다. 안주하고 싶다가도 성장하고 싶어 새로운 일을 도모한다. 날카로워지다가도 모든 걸 품을 수 있는 넓은 그릇을 갖고 싶어 더 먼 미래의 시선으로 지금의 나를 바라본다. 나는 다시 중심을 잡고 내 자리를 지킨다. 그동안 거쳐온 수많은 시간과 고뇌의 결과물을 외면하지 않고, 지지대를 딛고 다시 몸을 곧게 펴고 올라선다. 나는 결코 나를 놓지 않는, 책임감 있는 사람이라며 나를 끌어 올린다.

이상적인 사회가 어딘가 존재한다면 그 사회 구성원들의 궁극적인 삶의 목표는 각자가 한 명의 철학자가 되는 게 아닐까. 철학을 공부하는 사람만 철학자가 되는 게 아니라 모두 자기 삶의 철학자가 되는 것. 각자의 삶에서 길어 올린 나만의 철학을 차곡차곡 쌓아두고, 그걸 기준으로 살아가는 삶. 자아실현도, 사회 기여도 그 철학을 바탕으로 이뤄내는 삶.

글을 꾸준히 쓴다는 건 나만의 글창고에 삶의 모퉁이마다 건져 올린 철학들을 채워넣는 일이다. 비슷한 고비가 올 때면 다시 실수하지 않기 위해 꺼내어 보고, 흔들릴 때마다 내 안에 쌓인 것들이 무게중심이 되어 제자리로 금세 돌아올 수 있도록 붙잡아주는 것. 언젠가 풍파가 몰아쳐도 흔들리지 않는, 굳건한 사람이 되고 싶다. 어떤 상황에서도 평온한 상태에 머무는 사람이고 싶다. 그런 날이 올 수 있을까. 내가 나를 포기하지 않는다면 언젠가 다다를 수 있을 거라 믿는다.

책을 내는 것보다,
작가가 되는 것보다
더 중요한 것

"한 달만 글 쓰면 책을 낼 수 있다."

"수강하면 명문을 쓸 수 있다."

어느 때보다 글쓰기에 관심을 갖는 사람이 늘어나면서 이들을 현혹하는 광고문구가 자주 눈에 띈다. 너무 달콤하니 오히려 수상하다. 의심이 많은 나는 쉬워 보이는 길일수록 뒤집어보고 두드려본다. 그리 쉬울 리 있을까. 책이란 게 한 달이면 뚝딱 만들어낼 수 있는 결과물인가. 글을 쓰는 목적이 내 이름 박힌 명문 하나를 세상에 남기기 위함일까. 책을 낸다면 그다음에는 무엇을 해야 할까. 잠깐, 그 전에 왜 책인가.

한때 이렇게 글을 쓰다 보면 글로 먹고살 수 있을지도 모른다는 푸른 꿈에 부푼 적이 있었다. 내 이름이 박힌 책 한 권을 내고 싶어 안달이었던 부끄러운 시간도 있었다. 매일 글을 쓴 지 고작 8개월쯤 되었을 무렵이다. 나는 자만하고 있었다. 이만하면 괜찮다고, 글을 제법 쓴다고, 이제 책을 낼 때가 되었다고. 연락 오는 출판사도 없고, 여기저기 책을 내달라고 찔러보지도 않았으면서 나는 허황된 꿈에 젖어 있었다.

독립출판을 고려한 적이 있다. 기획 능력이 꽝이라 금세 접어버렸지만, 결국 포기한 가장 큰 이유는 글을 쓰는 내 목적이 책을 출판하는 데 있지 않다는 결론에 이르러서다. 이룰 수 없는 현실을 바라보며 시름시름 앓던 나는 무엇이 나를 힘들게 하는지 원인을 찾아보았다. 깊고 깊은 곳에 웅크리고 있던 진짜 속내는 다름 아닌 욕심이었다. 당장 작가가 되고 싶다는, 얼른 책을 내고 싶다는, 세상에 당당해지고 싶다는 욕심.

욕심이 원인이었다는 걸 깨달은 뒤 스스로에게 물었다. 책만 내면 작가가 되는 걸까. 그렇다면 지금은 작가가 아닌가. 책을 내면 무엇이 달라질까. 책을 내기만 하면 내 목적을 달성하는 걸까. 그다음에는 무엇을 할 수 있을까. 나는 정말 준비가 된 사람일까. 연달아 책을 낼 만큼의 역량이 내게 있을까. 잇따른 질문은 결국 나를 근원의 물음 앞에 서게 했다. 내게 글은 무엇인가. 작가란 어떤 사람인가.

글을 이벤트성으로 쓰던 때에서 일상적으로 쓰는 때로 건너오면서 가장 흡족했던 건 글이 내 삶의 동반자가 되었다는 점이었다. 인생의 마지막 순간까지 내가 붙들고 있는 게 무엇일지 생각하면 나는 한 치의 망설임 없이 '글'을 떠올렸다. 언제든 기댈 수 있고, 언제든 내 모든 걸 털어놓을 수 있기에.

나는 스스로를 작가라 칭해본 적이 없다. 대신 '쓰는 사람'이라고 말한다. 쓰는 걸 좋아하고 써야만 하는 사람이라고. 작가라는 말이 가진 범접할 수 없는 아우라 때문에 지레 겁먹고 물러서는 건지도 모른다. 인생도 그렇지만 작가도 명명한다 해서 그 상태를 지속하는 건 아니라고 믿기 때문이기도 하다. 작가란 무엇인가. 작가는 쓰는 사람이다. 꾸준히, 묵묵히, 뚜벅뚜벅 자기 생각과 느낌을 글자로 표현하려 노력하는 사람. 그렇다면 쓰는 사람이라 칭하는 나 역시 부끄럽지만 작가 바운더리 안에 속한다고 할 수 있을 것이다.

그제야 나는 진짜 중요한 건 당장 책을 내는 일이 아니라는 사실을 깨달았다. 책은 꾸준히 글을 쓰다 보면 언젠가 낼 수도 있는 중간 결과물일 뿐, 쓰는 삶의 최종 결과물은 아니라는 것. 책을 내는 시기가 좀 앞당겨지든, 뒤로 미뤄지든 크게 신경 쓸 일이 아니라는 결론에 이르러서야 비로소 마음의 안정을 찾을 수 있었다. 흔들리지 않고 쓰는 삶을 꾸준히 유지하는 게 지금의 내가 해야 하고, 할 수 있는 가장 중요하고 가치 있는 일이라는 확신이 들었다.

언제부턴가 외로움이나 고독감을 느끼지 않는다. 연애를 하고, 결혼을 하고, 아이를 낳아도 외로울 때가 분명 있었는데, 지금은 왜 그런 감정을 느끼지 않는 걸까. 곰곰 생각해보니 꾸준히 읽고 쓰기 시작하면서부터 생긴 변화였다. 나는 틈이 나면 책을 찾는다. 이 책이 안 읽히면 저 책을 읽고, 저 책이 안 읽히면 또 다른 책을 꺼내든다. 이전에는 책이 읽히는 시기와 안 읽히는 시기가 있다고 생각했는데, 요즘은 '지금 읽히는' 책과 '지금 읽히지 않는' 책이 있다는 쪽으로 생각이 바뀌었다. 꾸준히 읽기 위해 내가 택한 방법은 '지금 읽히는 책'을 찾는 것. 도서관을 수시로 들락거리고 서점을 오가는 것은 바로 그 때문이다. 지금 내게 맞는 책을 찾아 읽기 위함인 것.

매일 습관적으로 글을 쓰기도 하지만, 답답함이 쌓이거나 표현하고 싶은 감정이나 에피소드가 생길 때 글을 쓰기도 한다. 글에 대한 책임감이 이전보다 묵직해졌지만 여전히 내게 글은 해우소이자 조건 없이 비빌 수 있는 언덕이다. 취미이자 친구인 글이 있으니 두려울 게 없다는 생각이 든다. 내 말 좀 들어달라고 누군가를 애타게 찾거나, 내 마음을 알아주지 않는다고 타인을 원망하는 일이 사라졌다. 읽고 쓸 수 있는 시간이 내 삶의 기본값으로 주어진다면 더할 나위 없는 일상이 될 거라는 굳은 믿음이 생겼다.

꾸준히 읽고 쓰는 삶은 현재를 위한 것이기도 하지만 미래를 위한 일이기도 하다. 나이가 들수록 매일 운동을 하는 사람이 늘어나는 건 건강하게 늙고 싶어서일 것이다. 몸의 건강은 신경 쓰지만 마음의 건강, 곧 뇌의 건강은 등한시하는 경우가 많다. 일본의 의사이자 뇌 MRI 진단 전문가인 가토 도시노리 교수는 《사소하지만 굉장한 어른의 뇌 사용법》에서 20대부터 늙어가는 몸과 달리, 뇌는 30~50대에 절정을 맞이한 뒤 늙어간다고 말한다. 하지만 훈련을 해두면 60대 이후에도 계속 성장할 수 있는 게 뇌라고 한다. 특히 지적 욕구는 뇌 성장에 가장 중요한 요소라고 말한다.

　매리언 울프는 《책 읽는 뇌》에서 독서하는 뇌에서 어떤 일이 벌어지는지 뇌과학적 측면에서 알려준다. 인간에게는 독서를 위한 유전자가 없다고 한다. 문자를 발명하고 사용하기 시작한 지 고작 수천 년밖에 되지 않았기 때문이다. 독서는 정적인 활동이지만 독서하는 뇌에서는 독해와 추리, 유추, 추론 등을 하기 위해 무척 활발한 활동이 벌어진다. 전반적인 뇌의 영역이 활성화되는 것이다. 저자는 독서 발달의 끝은 존재하지 않는다고 주장한다. 끝없이 확장되는 인간 지성의 진화를 보여주는 살아 움직이는 증거가 바로 숙련된 독서가라는 것. 그러니 몸만이 아니라 마음(뇌) 역시 건강하게 늙고 싶은 나는 오늘도 읽고 쓴다.

　쓰기 위해 읽고, 읽기 위해 쓴다. 쓰는 건 읽는 일이며, 읽는 건 쓰기 위한 과정이다. 책에서 새로운 정보나 통찰을 마주할 때면 도파민이 분비되는 게 체감될 정도로 쾌감을 느낀다. 지적 유회를 즐길 때 호모사피엔스로 태어난 것에 감사하다는 마음이 든다. 그렇게 퇴적된 것들은 다시 내 글이 된다. 의도하지 않아도, 애쓰지 않아도 어느새 나는 내 안의 퇴적물을 그러모아 또다른 결과물을 쌓는다. 그 결과물이 누군가에게 작은 한 톨의 퇴적물이라도 되기를 바라면서. 읽기와 쓰기 그리고 사유하기의 선순환을 볼 때면 스스로가 아이 같다. 세상 모든 것에서 새로움을 느끼고 호기심을 간직한 아이 말이다. 아이처럼 살 때 세상은 더 풍요로워진다. 아이처럼 사는 게 가장 온전히 삶을 살아내는 것인지도 모른다.

몸의 노화는 막을 수 없겠지만 마음의 노화는 막을 수 있다면 힘껏 막아보고 싶다. 꼰대가 되기보다 어른이 되고, 어른이 되기보다 아이가 되는, 편견이나 선입견을 지우고 세상과 사람을 있는 그대로 흡수하고 사랑하는, 호기심을 잃지 않고 마음을 솔직하게 표현하는 엉뚱하고 발랄한 할머니로 늙어가고 싶다. 그런 미래로 가는 데 읽기와 쓰기보다 더 맞춤인 게 있을까. 배움과 변화에 고정된 나이가 있다고 생각하지 않는다. 서른에 시작했다면 마흔이 기대될 것이고, 마흔에 시작했다면 쉰이 기다려질 것이다. 예순에 시작해도 칠순에는 다른 사람이 될지도 모른다. 평생 의지하고 흥미롭게 할 수 있는 걸 찾았다는 것만으로도 글쓰기는 내게 최고의 선물이다.

그러니 책을 많이 내고 싶다거나, 내 이름 박힌 명문을 쓰고야 말겠다는 비장함을 거두고 잔잔한 일상의 기쁨을 마주한다. 읽기와 쓰기는 콩나물에 물 주기와 같아서 웬만해서는 티가 잘 나지 않지만, 꾸준함의 힘을 믿기에 언젠가 내 안의 콩나물이 무럭무럭 자랄 거라 생각한다. 어제보다 조금 더 나은 내가 되고 있다는 믿음만큼 귀한 게 있을까. 내 삶과 내 일상의 정당성을 타인이 아니라 자신에게 인정받는 것. 그 성장을 가져다주는 게 쓰는 일이니 책을 내지 않아도, 작가가 되지 않아도 괜찮다. 글을 만났다는 것만으로도 충분하다. 글을 만난 건 내게 천운이다.

'좋은 글'을 쓴다는 것

서른 즈음은 내게 좀 이상한 시기였다. 다르게 살아보겠다며 하던 일을 그만두고, 살던 집에서 나와 여행을 가기도 했지만, 무엇보다 그 시절 정체가 이상한 사람들을 만났기 때문이다. 그중 한 사람은 어느 날 갑자기 내게 자신의 꿈을 털어놓았는데 대단한 명예나 부를 얻는 게 아니었다. 그가 망설이며 고백하듯 말한 꿈은 이것이었다.

"부처나 예수가 되고 싶어요."

살면서 머리를 망치로 맞은 것처럼 번쩍이는 순간들이 가끔 있는데 그때가 그랬다. 그때까지 나는 인간이 꿀 수 있는 꿈의 반경에 부처나 예수가 있을 거라고는 생각해본 적이 없었다. 부처나 예수가 되고 싶다는 건 어떤 의미일까. 된사람 혹은 성인군자가 된다는 말일까. 철학자나 사상가가 되고 싶다는 의미일 수도 있을 것이다. 그 꿈이야말로 인간이 품을 수 있는 가장 큰 꿈이라는 생각이 들었다.

그 시절 만난 또다른 사람은 내게 물었다. "왜 글을 쓰세요?" 당시에는 그냥 글이 좋고, 내가 할 수 있는 유일한 일이라는 생각에 쓰고 있었기에 내게 그 물음은 너무나 대답하기 난해한 것이었다. 그제야 그게 바로 근원의 질문이라는 걸 깨달았다. 나는 왜 글이었을까. 머뭇거리던 나는 질문을 그에게 돌려주었다. "왜 글을 쓰세요?" 그러자 전혀 예상치 못한 대답이 그의 입에서 흘러나왔다.

"좋은 사람이 되고 싶어서요. 좋은 사람이 쓴 글이 좋은 글이라고 믿고 있어요."

인생의 갈림길에 서 있던 내게 벼락 같이 다가온 그 만남들은 그렇게 선명한 자국을 남겼다. 부처나 예수라니, 좋은 사람이 쓴 글이 좋은 글이라니. 좋은 사람을 부처나 예수로 볼 수도 있을 것이다. 인간이 그렇게 커 보일 수 있다는 걸 그때 알았다. 반짝이는 걸 몸에 두르지 않아도, 특출난 외모나 스펙이 아니어도 무엇을 가슴에 품고 있느냐에 따라 사람은 그 자체로 고유한 빛을 낼 수 있었던 것. 실제로 지향점에 도달하지는 못했을지라도 그런 삶을 추구한다는 것만으로 그들이 나보다 훨씬 큰 사람으로 보였다.

'좋은 글'을 쓰려다
'좋은 사람'이라는 꿈을 품다

나는 기질적으로 욕심이 많은 사람이다. 좋은 건 내가 가져야 하고, 남들보다 위에 서야 마음이 편한 사람. 오랫동안 내 안에는 승부욕이 도사리고 있었다. 그래서 늘 괴로웠다. 타인을 경쟁자로만 보는 건 얼마나 피곤한 삶인가. 아무리 채우고 또 채워도 구멍 난 가슴을 메울 수는 없다는 걸, 누군가의 위에 서서 내 행복을 찾는 건 부질없다는 걸 어렴풋이 깨달은 때가 바로 서른 즈음이었다. 움켜쥐려고만 했던 삼십 년의 세월을 뒤로하고 양손에 힘을 빼는 삶으로 건너가던 찰나에 만난 이들은 내게 스승과 같았다.

나 역시 그런 사람이 되고 싶다는 마음이 내 안에 서서히 자리를 잡았다. 보이지 않는 걸 꿈으로 품기는 처음이었다. 인간으로서 도전할 가치가 있는, 부자나 유명인이 되는 것보다 더 근사한 꿈인 것 같았다. 그 중심에는 '글'이 있었다. 글 쓰는 삶을 선택했고 이왕이면 '좋은 글'을 쓰고 싶었기에 그 마음이 별안간 '좋은 사람'이 되고 싶다는 거대한 꿈으로 탈바꿈한 것이다. 순서가 좀 뒤바뀐 듯하지만, 나는 덜컥 그 꿈을 내 안에 심었다. 얼마나 험난한 길인지 모르고.

그날 이후 십수 년 동안 그 꿈을 간직하고 살았다. 내 뜻으로 낳았으나 내 마음대로 자라지 않는 두 아이를 키우고, 뼛속까지 다른 남편과 싸우고 화해하기를 반복하면서도, 종잡을 수 없는 장사에 먹고사는 걸 걱정하면서도 나는 끊임없이 스스로에게 질문을 던졌다. 좋은 사람이라면 이 상황에서 어떻게 말하고 행동할지, 좋은 글은 어떤 글일지. 글이라고는 쓰지도 못하는 환경에 있을 때도 언젠가 쓸 글을 떠올리며 마음의 내공을 다진다고 생각했다.

'좋은 사람'의 정의는 무엇일까

좋은 사람이 되려면 정의를 먼저 내려야 했다. 사람은 사람인데 좋은 사람이라. '좋은'의 뜻은 무엇일까. 흔하디흔한 '좋다'는 말의 의미를 세운다는 건 쉬운 일이 아니었다. 처음에는 화를 내지 않고 늘 미소 지으며 마냥 온화한 사람이 좋은 사람이라고 생각했다. 하지만 곧 의문이 생겼다. 불의를 보고도 화를 내지 않는다면 그게 과연 좋은 사람이라고 할 수 있을까. 내가 행복하지 않은데도 타인을 위해 희생만 하고 스스로를 돌보지 않는다면 그런 사람이 정말 좋은 사람일까.

여전히 '좋은 사람'을 명료하게 정의하지 못했다. 다만 오래 고민한 끝에 몇 가지 조건은 말할 수 있을 것 같다. 불의를 보면 분노할 줄 알고, 자신의 감정에 솔직하며, 도움을 줄 때와 받을 때를 구별하고, 나와 타인을 사랑하는 사람. 더 나은 사람이 되기 위해 분투하고, 미안함과 고마움을 표현하는 데 인색하지 않으며, 말과 글로 떠들기보다 발로 실천하는 사람. 때마침 프리드리히 니체의 《차라투스트라는 이렇게 말했다》에서 이런 글귀를 발견했다.

무엇이 선이냐? 그대들은 묻는다. 대답하노니, 용감한 것이 선이다.

내가 나열한 조건에는 모두 용기가 감춰져 있다는 걸 이 문장을 읽은 뒤에야 깨달았다. '좋은 사람'의 정의는 사람마다 다를 것이다. 80억 명의 사람이 있다면 80억 개의 정의가 존재할지도 모른다. 나는 부자를 꿈꾸는 사람보다 '좋은 사람'을 꿈꾸는 이들이 더 많아졌으면 좋겠다. 각자의 경험과 지식으로 나름의 정의를 내리고 그 정의를 지향하며 살아가는 사람들, 정의가 흔들릴 때면 과감히 경로를 수정할 줄 아는 사람들.

'좋은 글'이 '좋은 사람'을 만드는 씨앗이 되기를

좋은 사람을 꿈꾼다는 건 물질보다 가치에 의미를 두는 삶을 산다는 뜻이다. 자신의 존재 가치와 삶의 의미를 찾기 위해

보이는 것에 기대는 게 아니라 보이지 않는 더 심오한 뜻을 추구하는 것이다. 스스로를 '좋은 사람'이라고 칭하기에는 아직 갈 길이 멀다는 걸 잘 안다. 평생 노력만 하다 끝날지도 모른다. 그럼에도 이 꿈을 포기하지 않는 건 '좋은 글'을 쓰고 싶어서다. '좋은 글'의 정의 역시 사람마다 다를 것이다. 내가 생각하는 '좋은 글'은 '좋은 사람이 진심을 담아 쓴 글'이다. 그런 글을 쓰고 싶은 열망이 내 안에 있는 한, 이보다 더 근사한 꿈을 발견하지 않는 한 좋은 사람이 되려는 여정은 계속될 것이다.

아직 '좋은 사람'이 되지는 못했지만 조금씩 달라지고는 있다. 이전의 나는 감정 기복이 너무 심해 하루에도 수십 번씩 롤러코스터를 타곤 했다. 여전히 흔들리기는 하지만 그 정도가 많이 줄었다. '좋은 사람'은 나와 타인을 사랑하는 사람이라고 정의 내리고 나니, 타인을 사랑하기에 앞서 나를 먼저 사랑해야 했다. 나를 사랑하지 않고서 타인을 감싸 안을 수는 없었다. 나를 사랑하기 시작하니, 감정의 진폭은 눈에 띄게 줄어들었다. 이 길을 포기하지 않고 계속 가다 보면 '좋은 사람'에 조금이라도 가까워지지 않을까. 좋은 사람은 어쩌면 좋은 사람이기를 포기하지 않는 사람인지도.

글이 나를 키운다. 오래 글을 쓰기 위해 운동을 하고, 매일 글을 쓰기 위해 마음을 다스린다. 더 배우고 싶어 책을 가까이하고, 더 나은 사람이 되고 싶어 나눔을 실천할 방법을 모색한다.

모두 글이 가져다준 변화다. 타인에게 향해 있던 눈을 내 안으로 돌려 몸과 마음에 집중하며 살아간다. 내 안에 축적된 에너지가 주변으로 환원된다. 글을 지속적으로 쓴다는 건 몸과 마음의 건강을 지키며 삶의 균형을 찾는 일이다. 글이 아니었다면 훨씬 흐트러진 삶을 살았을 것이다.

어느 날 갑자기 내 안에 싹트기 시작한 '좋은 글'이라는 씨앗이 다른 사람에게도 널리 퍼지기를 바라는 마음으로 이 글을 시작했다. 언제 뿌리를 내리고 잎을 틔울지는 모르지만 씨앗을 간직하는 것만으로도 희망을 지니는 것과 같다. 그 작은 희망을 나누고 싶다. 단 한 명의 가슴에라도 씨앗이 자리를 잡는다면 더할 나위 없겠다. 그렇게 '좋은 글'이 '좋은 사람'을 만드는 씨앗이 되기를, '좋은 사람'이 되기 위해 '좋은 글'이라는 물을 세상에 뿌리는 사람이 늘어나기를, 모두가 자신의 글을 쓰는 게 당연한 세상이 도래하기를 간절히 바란다.

내게 딸은 필요 없다

"그래도 딸은 하나 있어야지."

아들이 둘이 되면서 쉽게 듣는 말이다.

아직은 여섯 살, 여덟 살. 엄마 품이 제일인 아이들. 그들에 겐 성이 없다. 타고난 성이 없다는 말이 아니라 그 아이들에게서 내가 느끼는 젠더가 없다는 뜻이다. 남자, 여자가 아니라 그저 자식인 녀석들, 그저 사랑스럽고 예쁘기만 한 녀석들. 내게는 딸을 갖고 싶다는 바람이 전혀 없다. 딸은 왜 꼭 있어야 하는 걸까.

내가 어릴 적만 해도 아들이 꼭 있어야 한다는 말을 어른들이 쉽게 내뱉었다. 옆집 누가 아들을 낳기 위해 애를 다섯이

나 낳았다는 말은 부지기수로 듣는 사연이었다. 딸만 있는 집은 어딘가 불쌍하게 바라보고, 아들이 있는 집은 든든하다 생각하는 분위기가 강했다. 딸은 남의 식구, 아들은 자기 식구라는 유교 사상이 잔존하는 사회였다. 대를 잇는 게 아직은 중요하던 어느 시절이었다.

사십 대가 된 내가 새삼스럽게 느낄 만큼 세상은 참 빨리도 변했다. 아들이 꼭 있어야 한다고 말하는 사람은 드물어졌다. 생각을 겉으로 내뱉는 사람들이 사라져서인지는 모르지만, 적어도 내 주변에는 연세가 높은 몇몇 어르신을 제외하고는 그런 말을 하는 이들이 거의 없다. 대신 딸은 하나 있으면 좋다는 말을 한다. 딸의 가치가 언제 이렇게 상승한 걸까. 그런 말을 하는 이들의 딸에 대한 이미지는 무엇일까. 늘 부모의 몸과 마음을 살피고 집안일을 돌보며 엄마 혹은 아빠에 대한 편잔에 맞장구쳐주는 그런 이미지인 걸까.

딸과 아들이 하나씩 있는 한 지인은 내게 말했다. 딸은 내가 무슨 말만 하면 나를 가르치려 해서 미운데, 아들은 늘 내 편이 되어줘서 좋다고. 그러고 보면 모든 딸이 딸 같은 것도, 모든 아들이 아들 같기만 한 것도 아니다. 그럼에도 사람들은 딸이라는 존재에 의미와 기대치를 미리 부여하곤 그렇기에 필요하다고 말해버린다. 태어나지도 않은 한 존재를 자신의 필요에 의해 가치를 매기는 행위는 정당한가. 이는 태어날 때부터 부담을 지는 딸과 시작부터 인정받지 못하는 아들을 동시에 차별하는 게 아닐까.

내게 딸은 필요 없다. 둘 중 하나가 딸이 아니라 해서 아쉽거나 후회스러웠던 적은 한 번도 없다. 자식은 그저 내 자식이라 예쁠 뿐 딸이든, 아들이든 중요치 않다. 성별에 관계없이 아이들은 내게 소중하고 둘이 의지하고 서로의 편이 되어주며 자란다면 더할 나위 없을 것이다. 어쩌면 딸이 꼭 필요하다는 말의 숨은 뜻은 배우자만 의지해서는 살아가기 힘들다는 의미인지도 모르겠다. 배우자와 나눌 수 없는 감정이나 이해를 결국 딸을 통해 할 수 있다는 기대감 말이다.

내게 남편과의 관계는 내 삶에 있어서 가장 중요한 부분 중 하나다. 남편과의 대화는 끊이지 않아야 한다. 누구보다 당신의 지금을 가장 잘 알고 싶고, 누구보다 지금의 나를 가장 잘 알고 있는 당신이기를 바란다. 물론 모든 걸 나눌 수는 없겠지만, 적어도 서로의 흐름을 공유하는 건 필요하지 않을까. 그런 부부 사이가 바탕이 된다면 우리가 굳이 딸을 찾게 될까. 배우자가 없더라도 감정이나 이해를 꼭 자식에게

구하려 해서는 안 된다. 너만은 나를 이해해야 한다는 부모의 기대로 지쳐가는 자식들이 이 세상에는 정말 많다. 자식이라 해서 부모의 모든 걸 받아들일 수는 없다. 자식은 부모를 위해 존재하지 않는다.

한 칼럼리스트는 딸에 대한 시선과 기대감에 대해 젠더 폭력이라 명명했다. 딸을 부모의 감정 해우소로, 집안 밑천으로 바라보는 구시대적 사고방식이 만든 유물이라는 것. 나는 오랜 시간 엄마의 감정 해우소였다. 내가 모든 걸 듣고 감내해야 한다고 생각했다. 그사이 나는 망가지고 있었다. 내 속이 문드러지고 있는지도 모르고 딸 역할을 해내고 있었던 것이다. 그런 일상이 지겨워 늦게 귀가한 적도 많았고, 도망치듯 여행을 떠난 적도 있었다. 홀로 서지 못하는 부모, 둘 사이의 관계에서 행복을 찾지 못하는 부모를 둔 딸은 희생양이 되기 일쑤다.

장성한 아들 둘을 둔 손님 가족과 말을 섞게 됐다. 선배 같은 그분은 한 아들은 집안일을 잘 도와주고, 한 아들은 자신의 마음을 잘 이해해준다고 말했다. 아들만 있어 불편하다거나 아쉽다는 말은 전혀 하지 않았다. 오히려 형제라 서로에게 얼마나 도움이 되는지, 엄마의 몸과 마음을 얼마나 편히 해주는 존재인지를 강조해 말했다. 다른 누군가가 그래도 딸이 있어야 한다고 말하면 아들들이 싫어한다고 귀띔했다. 자식이 있는데도 다른 자식이 있어야 한다고 개의치 않고 말하는 건 바람직한가. 가벼운 말은 쉽게 사람을 벤다.

결혼은 꼭 해야지, 자식은 그래도 하나 있어야지, 둘은 되어야지, 딸은 꼭 있어야지. 쉽게 내뱉는 타인의 삶에 대한 간섭들. 인권과 소수자에 대한 인식이 참 많이 변하고 있는데도 타인에 대한 시선과 언어를 둘러싼 인식 변화는 더디기만 하다. 나는 누군가의 딸이지만 내 삶에 딸은 없다. 내 삶을 위해 희생양이 되어야 하는 존재라면 더더욱 없어도 된다. 딸은 꼭 있어야 하는 게 아니다. 꼭 필요한 건 타인의 삶을 존중하는 것 그리고 내 삶에 대한 끊임없는 성찰뿐.

다시 주문을 건다

글을 매일 쓰지 않기로 다짐했다. 뭐, 이런 다짐을 굳이 하나 싶긴 한데, 오랜만에 여행을 다녀온 뒤로 글로부터 해방을 맛보고 싶어서 결정한 일이다. 왜 해방을 해야 하는지는 모르겠지만 '매일'이라는 단어에 너무 얽매어 있는 느낌이라 벗어나고 싶었다. 요즘은 주말에는 글을 거의 쓰지 않는다. 평일에는 그래도 쓰려고 하는데, 의무감은 느끼지 않으려 한다.

매일 쓰지 않는 효과가 무엇인지 골똘히 생각해보았다. 우선 글감이 내 안에서 숙성될 수 있다. 생각이 브레인스토밍하듯 가지에 가지를 더해나가면서 더 풍성하고 밀도 있는 글이 나올 수 있다. 이렇게 예상대로만 흘러간다면 참 좋을 텐데 인생이 그리 호락호락할 리가 있나. 매일 쓰지 않으니 머릿속 글감들이 숙성은커녕 썩어가는 것만 같다. 가지에 가지를 더해가면 생각이 풍성해질 줄 알았는데 오히려 가지들끼리 꼬이고 엉키는 느낌이다.

요즘은 글을 쓸 때마다 제때 털어내지 못한 생각들이 뒤엉켜 있는 듯해서 먼지 덮인 오랜 짐들을 들춰보듯 생각을 뒤져야 한다. 힘들게 꺼내도 선택과 집중을 못해 글이 자꾸 산으로 간다. 그제야 나는 매일 쓰지 않는 후유증을 앓고 있다는 걸 깨닫는다. 글을 매일 쓰는 강박에서 벗어나려다 매일 쓰지 않는 강박으로 건너온 것을 알아챈다. 뭐가 이리 극단적이지. 그냥 쓰면 되는 것을.

생각이 원래 많은 사람이다. 쓸데없는 걱정이 넘치는 부정적 인간이다. 지금이야 많이 나아졌지만 예전에 타인의 시선을 많이 신경 쓸 때는 그렇지 않아도 만일한 생각에 타인의 말과 행동에 대한 분석까지 하려 들었다. 무슨 의미일까, 내 욕을 하진 않을까, 왜 저런 행동을 했지? 대범한 행동에 비해 소심한 생각을 지닌 사람, 그게 나였다. 타인이 별 의미 없이 한 말과 행동이 내 가슴에 박혀 빠지지 않고 오랜 시간 곪아가는 경우가 많았다.

생각이 많은 건 놔두더라도 쓸데없는 걱정과 부정적 생각, 타인의 몫까지 끌어안는 습관은 버려야 했다. 당장 선택해 바꿀 수 있는 일이 아니라면 하나하나 내려놓자고 굳은 결심을 했다. 오랜 습관 중 하나는 홀로 주문을 거는 것이다. 말하는 대로 이뤄진다는 말처럼 스스로에게 계속 말을 건다. 하지 마, 쓸데없는 걱정이야, 네 몫이 아니야, 네가 바꿀 수 없어, 떨쳐버려…. 스멀스멀 나쁜 생각이 뇌를 장악하려 들면 가차 없이 잘라냈다. 타인을 향한 생각 역시 걷어내려 애를 썼다. 그렇게 주문은 습관이 되었다.

이런 습관이 언제 시작됐는지 과거를 뒤져보니, 귀신과 유령 따위에 한창 공포를 느끼던 열 살짜리 아이가 서 있다. 당시 나는 화장실에 혼자 앉아 있는 걸 무서워했다. 밤에 잠자리에 누워도 밀려드는 공포에 잠을 제대로 이루지 못했다. 당시는 뇌전증을 앓던 때이기도 했다. 낮에 좀 심하게 뛰어논 날이나 무리한 날에는 여지없이 경기를 일으켰다. 방 불을 켜두고 두려움과 싸우다 간신히 잠이 들곤 했는데, 잠든 지 몇 분 되지 않아 발작을 일으키는 일이 잦았다.

어렴풋이 잠들었다 깨어나면 온몸이 가위에 눌린 듯 떨리고 움직일 수 없는 상태가 되었다. 소리도 내지 못한 채 한참 끙끙대고 있으면 문밖 엄마가 달려와 나를 끌어안았다. 내 이름을 애타게 부르며 나를 흔들었다. 항시 구비해두었던 청심환을 다급하게 으깨어 입안에 밀어 넣어주었다. 그렇게 몇 분쯤 지나면 나는 다시 정신을 차렸고, 몸을 움직일 수 있었다.

그런 일이 몇 번 반복된 뒤 엄마와 함께 큰 병원을 찾아갔다. 머리를 파헤쳐 이상한 전깃줄을 잔뜩 꽂고 뇌파 검사를 했다. 정기적으로 병원을 가야 했고, 그때마다 학교를 조퇴했다. 병원에서 돌아오면 다시 학교로 가서 남은 수업을 들었다. 다시 학교로 돌아오는 나를 선생님들이 어여삐 여긴 덕분에 12년 개근상을 받았다. 그렇게 병원을 다니며 일 년 넘게 매일 같은 약을 먹었다. 잘 먹어야 낫는다는 어른들의 말에 개구리 튀김도 받아먹고, 개고기도 넙죽 입에 넣었다. 지금은 준다 해도 거절할 음식들이 아픈 내게는 모두 꼭 먹어야 하는 것들이었다.

몇 년 뒤 발작 증세는 사라졌지만 공포는 쉽게 없어지지 않았다. 병원 약으로 물리칠 수 있는 게 아닌 모양이었다. 어른들에게 말하면 쓸데없는 걱정이라며 무시했다. 도움을 청할 수 없으니 어떻게든 내가 해결해야 했다. 그때 문득 해결 방법으로 떠오른 건 귀신이나 유령이 있다 해도 걱정할 필요 없다는 생각을 스스로에게 심는 것이었다. 그런 무시무시한 존재가 내 곁을 맴돈다 해도 나는 그들에게 잘못한 일이나 원한 산 일이 없으니 나를 괴롭히지 않을 것이라고. 그러니 이 공포는 허구이며 실재가 아니라고.

이 주문을 꽤 오랫동안 반복해 외웠다. 먹힐지, 먹히지 않을지는 모르지만 할 수 있는 게 별로 없으니 주문이라도 걸자 싶었던 것. 그러던 어느 날 거짓말처럼 허구의 공포로부터 놓여났다. 더는 미지의 존재가 무섭지 않았다. 생각의 힘으로 두려움을 몰아낸 것이다. 그 누구도 알지 못하는 나만의 작은 성과였다. 이 경험은 그 뒤로도 내게 영향을 미쳤다. 스스로가 싫을 때, 생각을 바꾸고 싶을 때 나는 끊임없이 주문을 걸었다. 나를 안아주자, 나를 사랑하자, 나만이 오롯이 나를 사랑할 수 있다, 생각을 떨쳐내자, 내 삶에 도움이 되지 않는 쓸데없는 것이다, 타인은 타인일 뿐이다, 그들이 어떻게 생각하든 괘념치 말자….

몇 년이 걸렸을까. 사실 지금도 종종 외는 주문이다. 예전에는 나만 빼놓고 여럿이 모여 모임이라도 하면 계속 뒤가 밟히고 불안했다. 지금은 그렇지 않다. 내 욕을 하더라도 그건 내가 신경 쓸 일이 아니라고 여긴다. 험담을 하는 이의 잘못이지 내 잘못이 아니기에. 타인이 나를 무시하더라도 그러려니 한다. 나는 한순간 누군가로 인해 깎아내려질 만큼 보잘것없는 인간이 아니라고 스스로를 껴안는다. 생각의 습관은 나를 단단하게 만들어주었다. 삶에서 더 중요한 것들에 집중하게 해주었다. 한 지인이 말했다. 원래 자존감이 높은 사람인 줄 알았다고. 나는 노력하면 자존감도 조금씩 높아진다는 사실을 증명해내고 싶었는지 모른다.

생각이 많은 건 굳이 해결하려 들지 않았다. 타인을 향하거나 나를 갉아먹는 생각이 아니라면 오히려 더 깊게 파고들었다. 더 옳은 게 무엇인지, 더 나은 게 무엇인지 끊임없이 스스로에게 물음표를 던지고 답을 구했다. 나만의 생각을 하나둘 쌓아갔다. 글을 매일 쓰면서도 큰 힘이 들지 않았던 건 내 안에 쌓아둔 나만의 생각이 차고 넘쳤기 때문이다. 그 생각들을 하나씩 꺼내 글을 짓는 건 분산돼 있던 생각들을 체계화하는 과정이었다. 마무리 짓지 못한 생각은 글로 쓰면서 매듭을 지었다. 매듭을 지을 수 없는 건 다시 생각의 길을 열어놓았다.

매일 쓰지 않기로 하고서야 내가 해온 일이 누군가의 강요 때문이 아니고, 스스로 자처한 감옥도 아니라는 걸 느낀다. 오랜 시간 내 안에 축적해둔 것들을 이제야 뱉어내는 것뿐이다. 내 안에는 여전히 꺼낼 이야기가 있다. 나는 그걸 활자화해 정리하는 습관을 갖게 된 것이다. 늘 머릿속에서만 해오던 것을 이제는 글로 이어가고 있다. 뇌와 손이 함께 주문을 걸고 있는 것. 그러니 매일이든, 매일이 아니든 그런 틀에 구속되지 말고, 그저 손 가는 대로 쓰자고 마음을 먹는다. 그 무엇에도 얽매이지 않고 그저 쓰리라. 나는 내 인생의 마법사니. 나를, 내 삶을 바꾸는 것보다 더 마법 같은 일은 없으니.

나를 수식하는 '쓰는 사람'이라는 표현 앞에는 당연히 '글'이 생략된 것이라 여겨왔는데, 이제 보니 글 옆에 '마법'도 함께 붙어 있는 것 같다. 나는 쓰는 사람이다. 글도 쓰고, 마법도 쓰는 사람. 다시 주문을 걸 시간이다.

햇살의 향이 나기를

오랜만에 옥상에 빨래를 널었다. 주택에 살면서 내가 가장 사랑하는 순간 중 하나가 바로 옥상에 빨래를 너는 시간이다. 요즘은 집집마다 건조기가 있어 빨래를 너는 일이 수고롭게 느껴지지만, 건조기에 관심이 없는 나는 빨래를 외부에 널 수 있는 날이 되면 잔뜩 신이 난다. 아무 때나 밖에 널 수 있는 게 아니기 때문이다. 햇살과 기온, 바람이 모두 적당한 날이라야 빨래를 널 수 있다. 잔뜩 쌓인 빨래를 세탁기에 넣으며 날씨를 가늠한다. 오늘은 널 수 있을까, 없을까. 햇살이 조금 부족해도 바람이 적당하면 빨래는 제법 잘 마른다. 바람 없이 햇살만 내리쬐는 날에도 빨래는 꽤 보송해진다. 온화한 햇살과 적당한 바람이 함께 있는 날이면 널어 둔 지 두 시간만 지나도 포근한 빨래를 품에 안을 수 있다. 그렇게 걷어낸 빨래에서는 햇살 향이 난다. 바삭하고, 달큼하고, 보드라운 햇살 냄새. 일부러 빨래를 개면서 코를 바짝 대고 강아지처럼 킁킁댄다. 햇살 냄새가 코를 지나 미세혈관을 타고 온몸에 퍼지면, 내 몸 구석구석에 햇살이 닿은 듯 안온한 기분에 사로잡힌다.

처음 내 이야기를 글로 옮길 때부터 공개적인 글을 썼다. 독자는 지인에 한정된 경우도 있었고, 불특정 다수가 될 때도 있었다. 아무도 보지 않는 글이라는 생각이 들면 이상하게 글이 되지 않았다. 시작은 해도 끝을 맺지 못했다. 글을 세상에 내놓는다는 게 어떤 의미인지 모르는 사람이 그저 쓰는 게 좋아서 글을 쓰고 세상에 내놓았다.

봉준호 감독의 영화 〈마더〉에서 주인공 도준은 죽은 아이의 시신을 옥상 난간에 마치 빨래를 널듯 걸어놓는다. 도준은 영화 말미에 이렇게 말한다. 아픈 아이가 여기 있다고 세상에 알리기 위해 그런 게 아니겠냐고. 본 지 오래돼 정확한 대사는 기억나지 않지만, 그 장면은 유독 오랫동안 뇌리에 남아 있었다. 퇴근길에 홀로 본 영화인데, 내내 무서운데도 꼼짝없이 집중해서 보았던 기억이 선명하다. 나는 이따금 글을 세상에 내놓으면서 이 장면을 떠올린다. 아픈 나를 좀 봐달라고 세상에 손짓하고 있는 건 아닐지.

어리광을 부려본 적이 거의 없다. 기억나지 않는 아주 작은 아기였을 때는 나도 사랑을 받아보겠노라 생존 본능을 발휘했겠지만, 기억이 있는 시점부터는 마음 놓고 어리광을 부린 적이 없다. 머리가 크고 연애라는 걸 하기 시작하면서 사랑하는 사람에게 어리광을 조금씩 부리기 시작했다. 처음에는 어색했지만 사랑이 커질수록 마치 본능이었다는 듯 조금씩 익숙해졌다. 사랑은 서로에게 아이가 되는 것일까.

사랑하는 사이라 해도 서로의 모든 모습을 받아줄 수는 없었다. 너무 어리광을 부리다 상대가 떠날 수도 있고, 사랑이 식어 이별의 순간을 맞이할 수도 있으니, 아무런 조건 없이 그저 나를 받아달라 요구할 수 없는 노릇이었다. 부모가 있지만 제대로 기대보지 못한 아이는, 어른이 되어서도 간혹 다급하게 젖을 찾는 갓난아이처럼 굴었다. 그러다 찾게 된 게 글이었을까.

글을 쓰면서 스스로가 어리광을 부리고 있구나 싶을 때가 있다. 오랜 꿈을 잃고 방에만 처박혀 있던 삼 개월 동안 끼적인 글들은 '꿈을 잃은 뒤 살아갈 방법을 모르겠어요.' '갑자기 어른이 되었는데 어떻게 살아야 하나요?'라고 묻는 어리광이었다. 타인에게 마음 놓고 할 수 없는 이야기들은 늘 내 안에 존재했고, 생각이 넘쳐나 주체할 수 없는 순간이 오면 하얀 종이를 다급히 찾았다. 무언가에 홀린 듯 써 내려가고 나면 속이 후련했다. 적든 많든 내 글을 읽어주는 누군가가 있다는 사실만으로도 적잖은 위로가 됐다. 글을 쓰는 사람이 되고 싶다는 생각이 문득 든 건 어느 비 오는 날 버스 안에서였다. 첫 직장을 그만두기로 결심하며 떠오른 생각이었다. 구체적인 계획이나 그림은 없었다. 그저 간절히 쓰고 싶을 뿐이었다.

대단한 작가들이 많아 보일수록 글을 쓰겠다는 마음은 더 깊숙한 곳으로 숨어들었다. 써야만 살 수 있을 것 같았고 쓰는 게 마냥 좋았는데, 쓰는 사람으로 서자니 내가 가진 게 너무 초라했다. 내가 그동안 한 거라곤 드문드문 써온 글과 사회 부적응자라는 낙인이 찍힌 이력서뿐이었으니. 방대한 지식을 갖고 있지도 않고 성인군자처럼 마음이 넓지도 않은 내가 쓰는 사람으로 살 수 있을까.

열심히 쓰지도 않으면서 나는 스스로에게 자꾸 자격에 대해 물었다. 그저 쓰면 되는데, 자격을 운운하고 이리저리 핑계를 갖다 붙이느라 시간만 죽였다. 어느 날 정신을 차리고 보니 내 나이 마흔이 코앞이었다. 인생의 절반에 해당하는 기간 동안 나는 대체 무얼 한 걸까. 내 모든 걸 던졌다 싶을 만큼 사랑해본 적은 있었어도, 내 모든 걸 쏟아냈다 싶을 만큼 해본 일은 없었다. 이러다가는 언젠가 정말 크게 후회하겠구나 싶어 덜컥 겁이 났다.

후회는 늘 내게 중요한 선택을 내리는 잣대가 된다. 삶의 갈림길에 설 때마다 나는 후회라고 쓰인 카드를 높이 치켜들고 양쪽을 번갈아가며 바라봤다. 어느 쪽이 더 후회가 클지, 어느 길로 가야 후회가 더 적을지. 후회를 내세우면 답은 쉽게 드러났다. 어느 쪽으로 가도 후회가 있을 것 같을 때는 시선을 저 멀리 미래로 보내 지금 여기를 바라보았다. 인생 끝자락에서 나는 어느 길로 가지 않은 걸 더 후회할까. 그러면 내 앞에 답이 툭 떨어졌다. 그 후에는 뒤돌아보지 않고 앞으로 나아갔다. 후회의 카드는 내려놓고 책임의 카드를 가슴에 품은 채. 내가 내린 결정이 옳은 선택이 되려면 뒤를 돌아볼 수 없었다. 책임을 지고 내 삶을 이끌어가야만 했다. 내 노력에 따라 선택은 옳은 게 될 수도, 그른 게 될 수도 있으니 앞만 보고 걸었다. 글을 쓰는 삶도 마찬가지였다.

책임의 카드를 품은 뒤로 거의 매일 글을 쓴다. 이제 글을 빼놓고는 나를 설명할 수 없다. 매너리즘에 빨리 빠지는 편이라 이만하면 질릴 때가 된 것 같은데, 이상하게 글은 아무리 써도 질리지 않는다. 늘 첫 글을 쓰는 마음으로 백지 앞에 앉는다. 나만의 작품을 완성한다는 생각으로 그날그날의 글을 적는다. 이 길 끝에 유명한 작가가 되고 싶다거나, 베스트셀러를 내고 싶다는 욕심 같은 건 없다. 거르고 걸러 순수한 쓰기의 즐거움만 내 안에 남겨둔다.

여전히 몸과 마음이 저릿한 날이면 다급하게 젖줄을 찾듯 백지를 찾는다. 평온한, 행복한, 무탈한 날에는 짐짓 여유로운 척하며 종이를 펼친다. 빨래를 햇볕에 말리듯 내 마음을 열린 공간에 펼쳐 보이곤 손짓한다. 여기 나라는 작은 인간이 이렇게 좌충우돌하며 삶을 살아내고 있다고. 이런 보잘 것없는 사람도 글을 쓴다고. 이렇게 햇살 아래 나를 자꾸 내보이면 내게도 언젠가 햇살의 향이 날지 모른다고. 바삭하고 달콤하고 보드라운 햇살 냄새가.

머리에서 가슴을 지나 발까지

대학 신입생 때 한 선배가 학과 공부에 도움이 될 거라며 나와 친구들을 꼬셨다. 독서모임을 하자는 것이었다. 등록금 투쟁에 진심인 선배였다. 뭘 하는지도 모르면서 선배를 따라간 건 어딘가 대학생스러워 보였기 때문이다. 당시 대학생은 지금처럼 치열하게 스펙을 쌓지 않았다. 1, 2학년 때는 놀고 3, 4학년 때가 되어서야 학점 관리에 들어가는 분위기였다. 신입생이었지만 내 안에는 대학생스러운 뭔가를 갈망하고 있었던 것 같다. 입시에 목을 매는 고등학교 때와는 다른, 술만 퍼마시며 시간을 탕진하는 게 아닌, 어떤 심오한 세계가 대학에는 있어야 한다고 막연히 기대해왔다. 그 기대감으로 모임에 들어가 선배가 추천하는 책들을 읽었다.
유시민 작가의 《부자의 경제학 빈민의 경제학》을 시작으로
칼 마르크스의 《공산당 선언》 등을 읽은 게 이때였다. 스무
살 성인이 되었다만 사회를 보는 눈도 없고, 비판적인 시
선도 키우지 못한 내게 이런 책들은 너무 어렵기만 했다. 글
을 읽는다기보다 글자만 훑는 시간이었다. 아무리 문장을
반복해 읽어도 도무지 무슨 말인지 이해가 가지 않아 머리
를 잡아 뜯는 날이 이어졌다. 말이 독서모임이지 거의 선배
가 하는 말을 듣기만 하는 수동적인 모임이었다. 흥미가 없
는데도 꾸역꾸역 나갔다. 약속을 거절하지 못하는 성격 때
문이기도 했고, 알 수 없는 말을 내뱉는 선배가 꽤 멋있어
보이기도 했다.

그 선배를 따라 한 건 단지 독서모임만이 아니었다. 예비역
선배들과 모여 양심적 병역거부에 대한 토론을 벌이기도 했
고, 학우들을 상대로 찬성 서명을 받기도 했다. 광화문에
서 장애인 이동권 투쟁에 참여한 적도 있다. 선배가 학생회
장 선거에 출마한다고 나섰을 때는 선거운동을 한다며 밤낮
으로 쫓아다녔다. 학과 공부보다는 그런 것들에 매달린 2년
이었다. 그 선배는 내가 그때까지 만나본 사람들 중 가장 스

마트한 사람이었다. 차가운 머리와 뜨거운 가슴이 공존하는 사람이었다. 그 당시 내게는 어떤 분노가 내재되어 있긴 했지만 뚜렷한 의식은 없었다. 다른 사람과는 어딘가 다른 그 선배를 닮고 싶었던 것도 같다.

선배와 함께하는 걸 그만둔 건 언론고시를 준비하면서부터 였다. 마이크를 잡고 말하는 게 좋았던 꼬마가 자라 대학교 3학년이 되자, 이제는 슬슬 무언가 준비를 해야 한다는 압박 감에 사로잡혔다. 그렇게 기자, PD, 아나운서 등을 준비하는 사람들과 스터디 모임을 시작했다. 모임은 매주 이어졌다. 각자 담당하는 신문에서 중요한 기사들을 스크랩해 언론사 별 논조를 비교하고, 논술을 쓰며 서로의 글을 합평했다. 신 문을 계속 읽다 보니 신기하게도 선배를 따라다니며 어설프 게 주워들은 말들이 되살아났다. '쇠귀에 경 읽기'인줄 알았 는데, '서당 개 삼 년'이었던 걸까. 그 무렵 내게도 조금씩 의 견이라는 게 생기기 시작했다.

그때는 그 시간들이 내게 어떤 의미로 남을지 알지 못했다. 내 의견이 많지 않아 여전히 듣는 날이 더 많았고, 들어도 세상은 잘 이해되지 않았다. 머릿속에 들어 있는 지식들이 모두 파편이니 하나로 연결되지 않았다. 한 가지 분명한 건 모두가 말하는 이상과 실제 삶 사이에 괴리가 아주 크다는 것이었다. 토론을 하면 자본주의 사회를 욕하지만 모두 돈을 좋아했다. 비싸고 값나가는 물건을 마다할 사람은 없었다. 노동자의 삶을 위대하다 말하면서 노동의 종류에 따라 가치를 다르게 부여했다. 공부를 하면 할수록 나 역시 모순된 사람이 되어갔다. 의식은 커졌지만 현실은 놓치 못하는 사람이었던 것. 강남좌파라는 용어가 막 언급되기 시작한 때이기도 했다.

어설프게 생각이란 걸 갖게 된 나는 이십 대 내내 상당히 모순된 삶을 살았다. 사람의 외모는 중요하지 않다면서 내가 사랑하고 싶은 사람은 키가 큰 훈남이었다. 돈의 유무로 사람을 가르면 안 된다면서 특정 지역에 사는 사람을 주로 만나고 싶어 했다. 이왕이면 스타일 좋고 집도 잘사는 그런 사람. 학벌은 중요하지 않다면서 이름난 대학 출신들을 우러러보았다. 겉보기는 중요하지 않다면서 명품을 많이 걸친 이들을 동경했고.

괜찮은 결혼을 해보겠다며 소개팅만 수차례 하던 때가 있었다. 별의별 사람을 다 만났다. 소개팅했던 남자들을 1호남, 2호남이라 지칭하며 끝없이 비교하고 저울질했다. 조건만 보니 마음이 통하는 사람은 좀체 만날 수 없었다. 그 시절 했던 모든 소개팅은 단발성 이벤트로 끝나버렸다. 단 한 명과도 사랑을 시작하지 못한 채 뜬구름 잡는 만남만 지속했다.

내 안에서 서서히 바람이 일기 시작한 건 바로 그때였다. 극과 극은 연결된다고 했던가. 내 모순이 극에 달했던 걸까. 결국 그런 나를 견디지 못하고 내 안에 봉인된 반골 기질이 십수 년의 세월을 뚫고 튀어나왔다. 갑자기 자신이 너무나 혐오스러웠다. 말과 행동이 일치하지 않는 사람, 그게 바로 나였다. 어디부터 단추가 잘못 끼워진 걸까. 진짜 나는 어디로 가고 보이기 위한 삶을 추구하는 빈 껍데기만 남았나. 입으로는 잘도 떠들어대면서 실제 내가 추구하는 삶은 왜 그 말을 따라가지 못하나. 이런 모순 속에서 더는 살고 싶지 않았다. 말하고 생각한 대로 실천하며 살아가는 사람이고 싶었다.

그런 삶을 살려면 어떻게 해야 할지 고민이 깊어갔다. 우선 모순된 삶에서 탈출해야 했다. 머리부터 발끝까지 나를 둘러싼 모든 걸 바꾸고자 했다. 내가 자란 도시에서도 떠나야 한다고 생각했다. 태초의 인간처럼 다시 시작하고 싶었다. 결국 하던 일을 그만두고 긴 여행을 떠나기로 마음을 먹었다. 여행지에서라면 그런 삶을 시작할 수 있을 것 같았다. 나를 아는 이가 아무도 없는 낯선 세계에서라면 다시 태어날 수 있지 않을까 생각했다.

허름한 옷 몇 벌, 신발 한 켤레, 세면도구, 수건 두 장, 카메라 한 대, 모자 하나 정도를 가방에 꾹꾹 눌러 담고 언제 돌아온다는, 어디로 간다는 기약 없이 여행을 떠났다. 해가 뜨면 숙소에서 나와 해가 질 때까지 걸었다. 아무 데나 퍼질러 앉아 지나가는 사람들과 하늘을 응시했다. 그러다 또 툭툭 털고 일어나 걸었다. 이제 와 돌이켜보면 내가 걸었던 그 길들은 다른 세계로 나가는 터널이었다. 그렇게 걷다가 바람과 함께 흩어지거나 완전히 새로운 내가 되고 싶었다.

그 시간들을 통과하고 나니 나는 정말 다른 사람이 된 것만 같았다. 더이상 명품이 탐나지 않았고, 학벌이나 연봉에 고개를 숙이지 않았다. 그 뒤로도 일관된 인간이 되기 위해서는 순간순간 나를 다잡아야 했다. 내 안의 편견과 모순들을 최대한 걷어내기 위해 매순간 애써야 했다. 겉으로 드러나지 않는 내 안의 분투가 지속되던 무렵, 새로 알게 된 친구가 내게 말했다. "사람을 재지 않는 것 같아요." 그 말을 듣고 뭉클해졌다. 그동안 해온 노력이 인정받은 것 같아서였다. 태어나 내가 들은 최고의 칭찬이었다.

나는 여전히 자신과 싸우고 있다. 이제 머리와 가슴은 제법 동일해졌지만, 여전히 발을 잘 움직이지 못하기 때문이다. 말이나 글 그리고 개인의 삶에서는 달라진 나를 드러낼 수 있지만 거기서 그치고 만다. 세상으로 나가 내가 깨달은 것들을 실천하는 과제가 아직 남아 있다. 말이나 글로만 떠들면 자꾸 스스로가 비겁하게 느껴진다. 말이나 글이 앞서지 않고 몸이 바짝 따라가는 사람이고 싶다. 대학 시절 선배가 문득문득 떠오르는 건 아직 이야기를 듣지 못했기 때문이다. 어떻게 머리와 가슴과 발이 일치할 수 있었는지. 쇠귀 신영복 선생은 이렇게 말했다.

> 인생의 가장 먼 여행은 머리에서 가슴까지의 여행이라고 합니다. 냉철한 머리보다 따뜻한 가슴이 그만큼 더 어렵기 때문입니다. 그러나 또 하나의 가장 먼 여행이 있습니다. 가슴에서 발까지의 여행입니다. 발은 실천입니다. 현장이며, 숲입니다.

내가 지금까지 통과해온 시간들이 머리에서 가슴까지의 여행이었다면, 이제 내가 가야 할 길은 가슴에서 발까지의 여행이다. 실천하는 삶, 현장을 누비는 삶, 숲을 걷는 삶을 살고 싶다. 나를 둘러싼 환경 속에서 내가 할 수 있는 일들을 하나씩 찾아가고 있다. 글쓰기 모임은 그 신호탄이었고, 아이 학교에서도 용기 내어 작은 역할을 맡고 있다.

부끄럽게도 여전히 나는 주저하고 망설인다. 그럴 때마다 나는 나를 더 세게 끌어안는다. 세상으로 나아가도 된다고 스스로에게 용기를 불어넣는다. 모든 걸 제쳐두고 여행을 떠났을 때처럼 용기를 내고 싶다. 내 인생 마지막 과제일지도 모르겠다. 머리와 가슴 그리고 발이 연결된, 진정한 언행일치의 삶. 조급해하지 말고 천천히, 두려워 말고 한 발자국씩 나아가야지. 포기하지 않는 한, 내가 나를 놓지 않는 한 조금 늦더라도 결국 문은 열릴 테니.

아직도 글쓰기를 망설이는 당신에게

1판 1쇄 찍음 2024년 02월 05일
1판 1쇄 펴냄 2024년 02월 15일

지은이 박순우
펴낸이 천경호
종이 월드페이퍼
제작 (주)아트인
펴낸곳 루아크
출판등록 2015년 11월 10일 제2021-000135호
주소 10881 경기도 파주시 회동길 480, 아트팩토리 NJF B동 233호
전화 031.998.6872
팩스 031.5171.3557
이메일 ruachbook@hanmail.net

ISBN 979-11-88296-70-5 03800